ある日の聖女
女神に騙された俺の異世界ハーレム生活
megami ni damasareta ore no isekai harem seikatsu
「……どうか……されましたか？」
フィリア・E・ラッセル
貴族・ラッセル家のご令嬢で、リュークの婚約者。幼い頃、リュークに一目惚れして以来、一途に愛し続けている。『聖女様』と呼ばれるほどの美少女
JN230764

サリエ・E・ウォーレル
リュークの護衛を担うメイド。ずば抜けた戦闘能力を誇る。亡くなった母親の遺言で、他人に顔を見せようとしないが、リュークには心を開いている
「ん……恥ずかしいけど……協力する」
サリエは恥ずかしそうにメイド服を脱いで、椅子に腰掛けてくれた。詠唱とともに、目の前に魔法陣が現れ、そこに人型模型が映し出される。

リューク・B・フォレスト
営業マン・龍馬が転移した、フォレスト公爵家の御曹司。女神・アリアから手に入れた【魔法創造】スキルで、どんなチート魔法でも創り出せる
「【ボディースキャン】、この魔法は、魔力を流して体の異常箇所を調べる魔法なんだ」

「じゃあベッドに行こうか」
俺が近づくと首に腕を巻きつけ楽に抱えられるように協力してくれる。フィリアがしてきたようにナナも頬ずりするように俺の胸に顔を擦り付けてくる。

「はい、解りました……」
ナナ・B・フォレスト
リュークの腹違いの妹。生まれつき足が悪く、あまり外出しないこともあり、色白で綺麗な肌をしている。兄であるリュークに特別な感情を抱いている

「フィリア、あなた、もう出ていきなさいよ！」
「……リューク様大丈夫ですか!?」

ナナとフィリアがワイワイやってたその時、フィリアの拭布が大きな揺れで外れて落ちた……初めて女子の裸を見て鼻血が出ました。
「こんなモノもいでやる！」

C O N T E N T S

女神に騙された俺の異世界ハーレム生活

回復師

ファンタジア文庫

2819

口絵・本文イラスト　Ｎａｒｄａｃｋ

女神に騙された俺の異世界ハーレム生活

megami ni damasareta ore no isekai harem seikatsu

回復師

イラスト／Nardack

プロローグ　7日間の異世界体験アンケート企画《きかく》に当選したようです

仕事を終え、帰宅後に夕飯とお風呂《ふろ》を済ませ、いつものようにPCの電源を入れる。

明日から大型連休のゴールデンウィークに入るのだが、俺は有給も使って10日間の休みを取っている。溜《た》まりに溜まった有給を早く使えと言われたためだ。

久しぶりの長期休暇《きゅうか》をどう過ごそうかと考えながらメールチェックをしていると、以前俺が遊んでいたゲームの運営サイトからメールが届いていた。5年ほど遊んでいたが、ゲーム内の過疎化《かそか》が進みつまらなくなって辞《や》めたゲームサイトだ。

『7日間無料体験！　ご満足頂けない場合代金は頂きません』

メールの件名には、よくありがちなキャッチコピーが大きく書かれていた。本文のバナーをクリックすると、そのサイトにジャンプするようになっているみたいだ。代金は頂きませんとか、今時有料サイトかよ！　と思いつつも、ちょっとサイトだけでも覗《のぞ》いてみようという気になった。新規で開発したＭＭＯを、今日から開始されるβテスターの無料体験で７日間遊べるというからだ。大抵《たいてい》の場合βテスターに参加すると、ちょっと良い武器や装備がテスター参加特典として貰《もら》えたりする。他《ほか》にも名前が引き継《つ》がれ、正規のスタート組より先に良い名前が付けられるというメリットとかもある。

サイト内のデモ画面はとても美しく、剣《けん》や魔法《まほう》があり、街並みは中世ヨーロッパ風のよくあるタイプのものだ。壮大《そうだい》な音楽とともにエルフやドワーフ、猫耳《ねこみみ》や犬耳の獣人《じゅうじん》たちが街を歩いている風景が映し出される。

色白で白髪《はくはつ》のシスター服を着て杖《つえ》を持った美しい少女や、城から街並みを憂《うれ》えた表情で眺《なが》めるお姫様《ひめさま》、妖精《ようせい》のような顔立ちをした可愛《かわい》い幼女、車椅子《くるまいす》に乗った淡《あわ》いピンクの髪《かみ》をした美少女……次々とデモ画面の映像に映し出される女の子たちはどの娘《こ》もとても可愛かった。

連休中はどうせ暇《ひま》だし……という考えもあって、試《ため》しに寝《ね》るまでの２時間ほどやってみようとダウンロードボタンをクリックした。

次の瞬間《しゅんかん》！

ＰＣの画面が目を開けられないほど光りだし、一瞬フワッとした浮遊感《ふゆうかん》に襲《おそ》われ、光が収まったと思ったら知らない部屋の机に突《つ》っ伏《ぷ》していた。

目の前には優《やさ》しく微笑《ほほえ》みを浮《う》かべた綺麗《きれい》な女性が机を挟《はさ》んだ対面に座っている。凄《すご》く綺麗なのだが、目の下にうっすら隈《くま》ができているのが少し残念だ。見た目20歳ぐらいだろうか？　これまでの人生の中でも見た事がないほどの美人さんだ。これが人外の美しさ……と言っても良《い》いのかもしれない。

ライトブルーのストレートヘアーを髪留めで後ろにまとめて腰《こし》の下あたりまで垂らしている。ツヤツヤのサラサラで見惚《みと》れるほど綺麗な髪だ。

「今晩は〜」

「はい、今晩は……って！　ここどこですか!?」

「あれ？　意外と驚《おどろ》かないのですね？　もっと慌《あわ》てふためくかと思っていました」

「いやいや、十分驚いていますよ！」

「そうですか？　まぁ、混乱し過ぎて話にならないよりはいいですけど。申し訳ありませんが、先にこちらからお尋《たず》ねさせてください。あなたはどこまで覚えていらっしゃいますか？」

「えーと、ゲームの運営からメールがきていて、綺麗なデモを見て面白《おもしろ》そうだなと思い、ダウンロードバナーをクリックしたらＰＣの画面が光って気付いたらここにいました……」

「ウンウン、大丈夫《だいじょうぶ》みたいですね。異世界からの記憶《きおく》の転移は初めてなので少し心配していました」

記憶の転移？　いったい何のことだ？

「一人で納得《なっとく》してないで、俺にも解《わか》るように説明してください」

「そうですね……もう少し記憶を調べたいので、あと幾《いく》つか質問に答えてくれますか？」

「……転移時の障害チェックですか？」

「はい。問題ないとは思いますが、念の為《ため》です。御名前《おなまえ》と御歳《おとし》を覚えていますか？」

「小鳥遊龍馬《たかなしりょうま》23歳です」

「最終学歴は？」

「高卒です。あ、でも某《ぼう》国立大に合格してはいたのですよ？」

「はい存じ上げています。ギリギリですが難関大学に合格していましたね」

「ギリギリだったんだ……」

「では、その折角受かった大学に行かなかった理由を覚えていますか？」

「合格して家族で喜んでいたところに、母方の叔父《おじ》がきて、自分の会社に入社してくれと懇願《こんがん》してきたからです」

「お願いされたぐらいで折角頑張《がんば》って受かった国立大を蹴《け》ったのですか？」

「両親は大反対だったのですが、俺は叔父には幼少時より随分《ずいぶん》可愛がってもらっていて、いつも羽振《はぶ》りのいい叔父に憧《あこが》れてもいましたしね。その叔父に『今が我が社のターニングポイントなんだ！　お前の力を借りたい！』と言ってお願いされて、ついね……」

叔父さんは貿易会社を営んでいて、俺はそこの営業課に入社した。現在入社5年目で、部下のいる課長職だ。でも甥《おい》っ子という事もあって、海外出張や残業なんて当たり前……叔父さんの遠慮《えんりょ》がない分、正直俺からすればブラック企業《きぎょう》だ。ストレスで3年ほど前から太り始め、最近メタボ気味だ。休日はくたびれて外に行く気力もなく、大好きなラノベやアニメ、MMOなどのネトゲで余暇《よか》を過ごしている。と言うか、それ以外やっていない。

「記憶に齟齬《そご》は無いようですね……安心しました」

「じゃあ、今度は俺の今の状況《じょうきょう》を教えてください。どこなのですかここは？　ちゃんと説明してください！」

「勿論《もちろん》これから説明させて頂きます。簡単にいいますと、あなたは神の抽選《ちゅうせん》に見事当選され『7日間無料体験！　ご満足頂けない場合代金は頂きません』企画に参加できる権利を得たのです」

「……さっぱり解らないのですが？　唯一《ゆいいつ》分かったのは、あなたはやはり神様ってことですか？」

神の抽選とか自分で言っているしね。

「はいそうです。申し遅《おく》れました。あなたたちの世界より3ランクほど下位の世界の主神をしている女神《めがみ》アリアと申します」

主神って、この方めっちゃ凄い女神様じゃないか！

「それでですね、私の管理している世界は、あなたの住む日本のゲームやライトノベルなどから情報を集め、参考にして創主様が御創《おつく》りになったそうです――」

女神様の説明では、創主様っていうのは俺たちの世界でいう創造神の事らしい……。

「それで、企画に当選したとはどういう事でしょう？　いかにも怪《あや》しいのですけど……」

「この世界を7日間だけ体験できる権利をあなたは得たのです。おめでとうございます」

「おめでとうと言われても説明不足で、ちっとも嬉《うれ》しくないのですが……」

異世界に興味はあるが、どんな世界か分からないうちは恐《おそ》ろし過ぎて何とも言えない。

3ランクほど下位の世界と言っていたし、恐竜《きょうりゅう》とかいる原始な世界に行けるとかだと、考古学者でもない俺はあまり嬉しくない。

「……サイトをご覧になりましたよね？」

「はい、ってまさか！」

「はい！　そのまさかです！　やっとあなたの笑顔《えがお》が見られました！」

「あの～？　魔法があるのですよね？」

「日本のゲームやライトノベルが参考になった世界ですよ。当然、剣や魔法、ドラゴン、勿論あなたの大好物のエルフや猫耳、犬耳のモフモフ娘《むすめ》たちが沢山《たくさん》いますよ。それはもうモフリ放題です」

「ゴクッ……モフリ放題！　マジですか！　それに、魔法があるのか……」

魔法がある……それはゲームやラノベ好きなら、殆《ほとん》どの人が憧《あこが》れるはずである。

想像しただけでドキドキする。

「地球にある素材は全《すべ》て有りますし、むしろ地球には無い素材も沢山あるので、あなたなら現代知識で色々できるのではないでしょうか？」

生産チートのことかな……確かに魔法と科学を融合《ゆうごう》させれば色々できそうな気もする。

「７日間の無料体験という事ですが、７日過ぎるとお金が要《い》るのですか？　満足いかなかったら代金は要らないという事みたいですが、具体的に代金とはどういう事でしょうか？お金という俺の考えで合っていますか？」

「７日を過ぎると対価は要りますが、お金ではないです。無料期間の７日まではあなたが元の世界に帰る際に転移された同じ時間に帰れます。ですが7日以降は過ぎた日数分の時間を代金として支払《しはら》ってもらいます。現実世界でも時間が経《た》ってしまいますので、あまり超過《ちょうか》し過ぎるとあなたの職場やご家族に迷惑《めいわく》が掛《か》かるのでお気を付け下さい」

「なんだ……代金とは超過時間分の摺《す》り合わせでしたか。寿命《じゅみょう》とか言われても嫌《いや》なので安心しました」

「それでは神じゃなく悪魔じゃないですか……そもそも7日過ぎなければ元の時間に戻《もど》れますので、別に深く考える必要もないと思いますが……」

「それもそうですね。もし、私がその企画の参加を断った場合はどうなるのですか？」

「この会話の記憶を消して、ダウンロードボタンをクリックする瞬間に帰されます。ですので、おそらくあなたはダミーのゲームをダウンロードして普通《ふつう》に遊ぶのではないですか？　そしてこの権利は2番手の候補者に譲渡《じょうと》されます」

「ん？　異世界に行ける権利は1人だけってことですか？」

「そうですよ。異世界間の転移は、沢山エネルギーを必要とします。そう何人も送り迎《むか》えできないのです。ですので、帰還《きかん》時に具体的な感想を言ってもらえる方が選定されています。そうでないとテスターの意味がないですからね」

「やはりテスターとしての参加意義があるのですね？」

「当然です。先ほども言いましたが、この世界は日本のラノベやゲーム等の世界観が参考になっています。そういうのが好きなあなたにこの世界を体験して頂き、帰還時に感想を頂きたいのです。意味も無く異世界に呼ぶような事はしません」

成程《なるほど》ね……あくまでアンケート企画《きかく》って事みたいだ。

「では、これからあなたの転移先のことを簡単に説明いたします」

「あの、俺がすでに企画に参加する前提で話しているみたいですが？」

「……面倒《めんどう》ですのでぶっちゃけちゃうと、あなたが断らないのは分かっているのです。そういう属性の人を選んだのですからね。なので、さっさと話を進めましょう」

「属性って……はい、そうですね。転移転生モノ大好物です。余計な時間を取らせてごめんなさい」

本当に手短にこの世界での注意事項《じこう》とかを説明された。

「あの、俺は向こうではどういうキャラになるのでしょう」

「ゲーム世界ではないので、キャラという言い方は間違《まちが》いですが、実在する公爵《こうしやく》家の次男ですね。しかも中々のハーレム環境《かんきよう》です」

「貴族でハーレム！」

「デモ画面で見たような世界で、彼の周りにも可愛い子は一杯《いっぱい》いますよ」

あのデモに出てきたような可愛い子がいる……想像しただけでドキドキする！

「成程、貴族体験も貴重で面白いかも知れませんね。うん、それいいです！」

折角異世界に行くなら、現実とかけ離《はな》れたハーレム環境はいいね！

「それでですね、あなたの記憶をその子の体に転移させるのですが、その子は本来亡《な》くなる運命だったのです。あなたの宿主となる事によって、死亡する前に回復させ仮死状態にしてあげますのでそのつもりでいてください。死者はどの世界でも絶対生き返らないので、あくまで仮死状態での復活です。現実世界はゲーム世界とは違いますからね」

「仮死状態で目覚めるのですね……分かりました」

「……それと、お約束的にスキルを何でも1つ差し上げます。この中からご自由に選んで、向こうでの異世界ライフにお役立てください」

チートきたー！　と思ってしまったのは仕方がないよね。

「うわー、凄そうなのが一杯……」

俺は30分ほどじっくり眺《なが》めたのだが、しっくりくるものがなかった。確かに凄いものばかりだとは思う。経験値10倍とかチート過ぎでしょって思うが、たった7日間しかいないのにあまり意味がない。禁呪魔法《きんじゅまほう》とかも凄そうだけど、7日の間にそんな危険な魔法いつ使うのって話だしな。7日間という枠《わく》の事を考えるとどれもこれもパッとしない。

「なかなか決まりませんね……」

「ごめんなさい。7日という期限を考えたらどれもピンとこなくて」

「……では、あなたのイメージでその欄《らん》にないモノを創って差し上げましょうか？　魔法スキルでなくても、物理的な剣《けん》でも、技術的な技能なんかでも構いませんよ」

「え？　俺のイメージで何でも創ってもらえるのですか？」

「あくまでも創主様がお認めになる範囲《はんい》内ですよ。できない物はできないと判定します。欲しい物や欲しいスキルはできるだけしっかりしたイメージを思い描《えが》いてください。ラノベのようにお約束的に、女神の私を従者にとかのお願いはなしですよ」

可愛《かわい》い女神様同伴《どうはん》っていうお約束的な願いは、心を読まれたのか事前に却下《きゃっか》されてしまった。頭で思うだけで良いらしく、俺は結構な時間女神様に強いイメージを送って、俺専用のオリジナル魔法を得た。

「授《さず》けるのはたった1つなのに、凄《すご》く時間を掛けましたね。【魔法創造】？　これはまずいモノのような気がします……少しお待ちください」

やっぱストップがかかったよ。アラジンの魔法のランプの魔神さんでも願いを増やすのはダメって先に明言しているしね。これって相当なインチキだよね。

「でも女神様、確かにチートな魔法ですけど、たった7日間しかないのですから、お遊び程度の事しかできないでしょ？」

「7日間ならそうでしょうけど……」

「うん？　どういう意味です？」

「いえ、深い意味はないです……あはは……う〜ん、どうも回収できないようです。まぁ、創主様がお認めになったようですし、問題ないでしょう……」

創主様とやら、ありがとう！

「それではこれからあなたを異世界の体に転生させます。楽しんできてくださいね」

「はい、折角なので目一杯楽しんできます。行ってきます！」

俺はウキウキ、ワクワクのテンションＭＡＸ状態で女神様に行ってきますと伝えた。

直後、再度光に包まれ、異世界に飛ばされたようだ。

『はぁ……騙《だま》すようなマネをしてごめんなさい。でも、あなたに協力してもらわないと、この世界はもう駄目《だめ》なのです。本当にごめんなさい』

龍馬がいなくなった部屋で、女神アリアはそっとつぶやくのだった。

第1章　可愛い戦闘侍女《せんとうじじょ》が付きました

【異世界生活1日目】

女神様のいってらっしゃいとともに目の前が真っ白になり、またフワッと浮遊感《ふゆうかん》が襲《おそ》ったと思ったら現実に落ちていた……渓谷《けいこく》の崖《がけ》からもっか転落中である。

女神様！　いきなりハードモードのアトラクションですね！　怖《こわ》すぎなのですが！

どこかにぶつけたのか、頭に強い衝撃《しょうげき》を受け意識が朦朧《もうろう》となる。

あ……今、俺の記憶《きおく》が脳内で統合されているみたいだ。感覚的に何故《なぜ》か理解できた。

「リューク様！　大丈夫《だいじょうぶ》でございますか！　すぐに回復剤《ざい》を……ああっ！　容器が割れてしまっている。誰《だれ》か！　回復剤かヒールを！　リューク様しっかり！」

この大声で叫《さけ》んでいる人は騎士《きし》の1人だ。今回俺を王都まで護送してくれる任にあたっていた人だよな？　公爵家が所有している騎士隊の二番隊隊長で今回の護衛任務の隊長さんだ。

どうやらこちらの世界の俺の名前はリュークと言うみたいだ。

崖を落ちる前に、俺が『馬車の操作をやってみたい』と、反対する騎士たちを困らせたのだが、人の好《よ》い隊長さんは御者《ぎょしゃ》と替《か》わって俺を指導してくれていたようだ。で、王都に向かう渓谷の道が細くなる崖の手前で、『危険なのでここまでです』と言われ、御者に替わろうと馬車を止めに入った時に事件が起こった。

馬が急に暴れだし暴走したのだ。そのまま、猛《もう》スピードで崖沿いの細い道に突《つ》っ込んで行き、渓谷の谷底に馬車ごと転落してしまったのだ。隊長は必死で俺を抱《だ》き留め衝撃から守ろうとしてくれたが、最後に地面に衝突《しょうとつ》した拍子《ひょうし》に投げ出され、その先の岩に頭をぶつけてしまったみたいだ。崖から降りてきている騎士たちの声が聞こえてきたが、そこで俺の意識が無くなった。

意識が無くなる前にある記憶を思い出す。馬が暴れ出す前に御者と操縦を替わろうとした時に、偶然木陰《ぐうぜんこかげ》から吹《ふ》き矢のようなモノを使った人物を目の端《はし》で捉《とら》えていた。

女神様《めがみさま》は仮死状態にしてあげると言っていたが、まさか俺は暗殺されたのだろうか？

＊　＊　＊

意識が戻り、最初に感じたのは異常な寒さだ。それもそのはず、俺の顔や体の周りには氷と沢山の色とりどりの花がちりばめられている。

うん……これ棺桶《かんおけ》の中だね。

はぁ～仮死状態ね……女神様、マジ勘弁《かんべん》してくださいよ！

俺は氷漬《こおりづ》けでガクブル中だ。動きが鈍《にぶ》くなっている体を必死で動かし、なんとか体を起こす。

「うぉ！　まさか葬儀《そうぎ》中にゾンビ化しおったか！」

神父らしき人が叫んだ瞬間《しゅんかん》あちこちから悲鳴が上がる。葬儀に参列していた騎士の1人が剣を抜《ぬ》き俺の下《もと》に駆《か》けつけてきた。このままだとこの騎士に首を刎《は》ねられてしまう。

「あ～、葬儀中にごめんなさい。まだ死んでないのですが……氷漬けで寒くて本当に死にそうです」

「喋《しゃべ》った！　ゾンビ化しておらぬのか!?　生き返りおった！　おお！　神よ！」

どうやらゾンビは喋らないようだ。

寒さで殆《ほとん》ど動けない俺は棺《ひつぎ》から出してもらい、毛布を巻き付けられている。俺に縋《すが》り付いて泣いて喜んでいる綺麗《きれい》な人は、俺の母親のマリア母様だね。

そのまま教会の奥にある診療所《しんりょうじょ》のベッドに連れて行かれ、横にならせてもらったのだが、場は騒然《そうぜん》としたままだ。葬儀を行っていた教会の方からのざわつきがここまで聞こえている。さて、現状の把握《はあく》から始めるとしますかね。

神官っぽい人に回復魔法を掛《か》けてもらい、診察が終わると凄く体が楽になった。初魔法がヒールですよ！　もう僕ちゃん大感激です！　凍傷《とうしょう》や壊死《えし》を起こしていてもおかしくないのに、回復魔法で何事もなかったように調子が良い。異世界スゲー！

診察を終え神官が出ていくと、直《す》ぐに入れ替わるように男の人が騎士2名を連れて入ってきた。えーと、この人はゼノ父様だね。

「良かった！　本当に生き返ったのだな！　ああ、神よ！　感謝いたします！」

母親の時もそうだったが、統合された記憶を思い出すのに、少しだけタイムラグがある。

「えーと、父様……ですよね？　ごめんなさい、どうも頭を打った時に少し記憶が変になったようです」

「な⁉　もう一度神官を呼べ！　直ぐに再診いたせ！」

「父様、俺はどうなったのでしょう？　崖から谷に落ちたのは覚えているのですが……その後の事が思い出せません」

「そうか、実は騎士の操作ミスで馬が暴れて、お前は谷に落ちて死んでしまっていたのだ。不運な事故だったが、葬儀中に生き返ったのでびっくりしたぞ。教会で生き返るとは、まさに神の思《おぼ》し召《め》しだな」

でも死者は絶対生き返らないそうなので、仮死状態というのが正しいのだろうね。

「あれ？　事故扱《あつか》いになっているのですか？」

「ん？　どういう意味だ？」

「あれは、事故ではないです。事故に見せかけ俺を殺そうとした奴《やつ》がいます。俺はその時御者台に居たので気付けたのですが、偶々《たまたま》あの時、馬に吹き矢で針のような物を吹いた奴を視界の隅《すみ》で捉えました。崖から落ちた馬はどうなりましたか？」

「落ちた馬は2頭とも死んでしまってまだ谷の底だ。ゾンビ化するとまずいし可哀想《かわいそう》なので、明日には焼却《しょうきゃく》処分にする予定だ」

「良馬だったのに残念な事です。敵方に先に処分されてなければよいのですが、右側の馬のお尻《しり》辺りに針の刺《さ》さった跡《あと》が残っているはずです。確認《かくにん》してもらえますか？」

「分かった、直ぐに人を向かわせる。でも誰が何のために？」

「分かりません……」

まさかいきなり暗殺者に襲われるとか、アリア様、この異世界体験、危険すぎやしませんか？　俺、ハードモードとは聞いていませんよ？　勘弁してくださいよ。

再度診察してくれた神官と入れ替わりに、とても美しい少女が入ってくる。銀髪《ぎんぱつ》に近い色をしたストレートの綺麗な髪《かみ》が腰《こし》の下辺りまで伸《の》びている。とても愛らしい顔をしているのだが、雰囲気《ふんいき》は声を掛けるのを躊躇《ためら》うほどの神秘さをかもしだしている。その雰囲気を言葉にするなら、妖精《ようせい》・天使・可憐《かれん》・純潔とかそういう厳《おごそ》かな感じだ。間違《まちが》いなく美少女なのだが、話しかけてナンパできるような感じではない。思わず拝んでしまいそうになるほどのオーラが出ている。お年寄りなんか見ただけで「ありがたや、ありがたや」と唱えそうだ。そして、何より胸が大きい……つい目がそっちにいってしまう。そのような娘《むすめ》が俺を見た瞬間に抱《だ》き付いてきてワンワン泣き出したのだ。父様も俺たちを微笑《ほほえ》ましそうに見ている。他の騎士2名も同じ感じだ。

この美しい娘は俺の婚約《こんやく》者だ……。

彼女の名前はフィリア。フォレスト家の子家《しけ》にあたるラッセル子爵《ししゃく》家の長女だ。10歳の社交界デビューの際に、俺に一目《ひとめ》惚《ぼ》れをしてしまい、『わたくしの結婚相手はリューク様でないと嫌《いや》です！』と駄々《だだ》をこね大騒《おおさわ》ぎ。聖属性の回復魔法《まほう》が得意な家系という事もあって、俺と相性《あいしょう》がいいのではと早くから婚約が成立した。

フィリアはあまり気のないまだ幼かった俺と、もっと良い娘がいるのではないかと思っていた父親に少しでも好かれようと、神殿《しんでん》に神聖魔法を学びに通った。頑張《がんば》った彼女は何時《いつ》の間にかフォレスト領では『フォレストの聖女様』とまで言われるほどの女性になっていた。父様も今では是《ぜ》が非でもフォレスト家に迎《むか》え入れようと考えているみたいだ。

「リューク様〜！　良かった〜エグッ、凄《すご》く悲しかったのですよ！　ヒグッ」

「フィリアごめんよ、心配をかけたね」

こんな可愛《かわい》い子が婚約者とは……アリア様のチョイスは素晴《すば》らしい！

「あの、ゼノ様。部屋の外でナナちゃんが心配そうにしていましたよ」

「おお、そうだったな。直ぐに呼ぼう」

「お待ちくださいで父様、先に俺の葬儀に来て下さった人たちに感謝と謝罪をしたいのですが宜《よろ》しいでしょうか？　爵位を持った諸侯たちをいつまでも説明も無しに待たせては申し訳ないです。俺が直接謝罪した方が良いでしょう。家族とはその後ゆっくりしたいです」

「今日のお前はなんだかしっかりしていて頼《たの》もしいな。悪戯《いたずら》好きの15歳の子供と思っていたが、いつの間にか成長していたのだな。父として嬉《うれ》しく思うぞ」

あれま、変に気を遣《つか》いすぎたかな。中身23歳の営業マンだし、15歳の子と比べたらしっかりしていて当然だよね。

家族にはもう少しだけ我慢《がまん》してもらい、俺は本日来て下さった参列者に挨拶《あいさつ》に向かった。

ここにくるまでに、父の【クリスタルプレート】に馬の確認が取れたと連絡《れんらく》があった。

どうやらまだ馬に小さな針が刺さったままだったようだ。馬の毛並みと同じ色に塗《ぬ》られ

ていて、深々と刺さっていた針は、よく捜《さが》さないと分からないように加工されていたそうだ。やたら確認の連絡がくるのが速いと思ったのだが、まだ現場で事後処理をしていた者が数名残っていたとのことだ。

【クリスタルプレート】については色々突っ込みたい……神がこの世界の全《すべ》ての人に与《あた》えたステータス確認の為《ため》の魔法なのだが、機能はまんまタブレットPCなのだ。

【クリスタルプレート】と唱えて呼び出すと、サークル状の魔法陣《まほうじん》が浮《う》かび上がり、A4サイズのクリスタルでできた板が現れるのだ。この魔法には色々な機能が有るのだが、その中の1つに電話のようなコール機能が有るのだ。他《ほか》にもタッチパネル仕様でフレンド登録、メールやパーティー内のチャット機能、写真や動画保存までできるみたいだ……青い魔法陣が異世界っぽくてめっちゃかっこいい。

さて、針が見つかった事により、俺の暗殺疑惑《ぎわく》が濃厚《のうこう》になったのだが、たった7日間しかない異世界ライフの貴重な時間を、くだらない暗殺とかで削《けず》られたくはない。さっさと犯人を炙《あぶ》り出して、可愛い婚約者と遊ぶとしよう。

色々思案しながらシスターに付いて行ったら、皆《みな》がいる教会に直ぐに到着《とうちゃく》した。

「皆様、今日は私の葬儀に集まっていただきありがとうございます。先にお伝えしてお詫《わ》びしておきます。崖から落ちた際に頭を強く打ったようで、少し記憶があやふやな事が有るかもしれませんが、その際はどうか怒《おこ》らずにご容赦《ようしゃ》ください。それと折角来て下さったのに生き返ってすみません……と言うのもおかしいので、ここは素直に来てくれてありがとうと言っておきますね」

『生き返ってすみません』で少し笑いがとれて、場の雰囲気が和《なご》んだ。

だが、ここからだ。

「私が生き返ったのはまさに神の思し召しでした。仮死状態で私は女神様に会えたのです」

「おおー、神のご加護の賜物《たまもの》か、素晴らしい！」

皆、口々に生き返った奇跡《きせき》を称賛《しようさん》してくれているが、ここで爆弾《ばくだん》投下だ。

「女神アリア様に生き返らせて頂いたのですが、その際に私は誰《だれ》かに命を狙《ねら》われたのだと教えていただきました――」

女神アリアはこの世界の主神だ。その主神の女神様が事故でなく暗殺だと教えてくれたと教会にきてくれた皆に説明したのだ。当然神殿内での嘘《うそ》や謀《たばか》りは神罰《しんばつ》が下ると皆信じている。犯人を捕《と》らえるための罠《わな》にアリア様の名前を使わせてもらう。

「ですが、女神アリア様は犯人の名を教えてはくれませんでした――」

更《さら》に伏線《ふくせん》として、女神様は俺が犯人を見つける事ができたら褒美《ほうび》をあげると言ってくれたと話し、もし見つける事ができなくても、神殿の巫女《みこ》に神託《しんたく》で犯人を教えてくれると言ってくれたと皆に伝えた。

「ですので、俺の神から与えられた試練は、生き残ることですね。生き残れさえすれば俺の勝ちです」

さぁどうする？　これだけ言っておけば犯人も直ぐに襲《おそ》ってきてくれるだろう。暗殺とか陰鬱《いんうつ》な事件はさっさと解決して、異世界ライフを早く楽しみたいのだ！

場は騒然となったが、俺は再度診療所の方に引っ込んだ。母や兄妹《きょうだい》たちに会うためだ。

＊　＊　＊

「リューク、体調はどうだ？　おかしなところは無いか？」

「はい兄様、ご心配おかけしました」

「本当に心配したぞ。心配と言うより死んだと思っていたから凄く悲しかった」

「ごめんなさい」

兄であるカイン君は現在18歳、フォレスト家の次期当主だね。母親は俺と同じマリア母様だ。勤勉で努力家、優秀《ゆうしゅう》で、フォレスト家も安泰《あんたい》だと言われるほどの優等生だ。見た目も超《ちょう》イケメンで父親に似ている。性格も温厚《おんこう》で俺や妹のナナの事を何時も優《やさ》しく可愛がってくれる。

「兄様、ナナは凄く悲しかったです。もう死んじゃダメですよ」

あ！　この娘、ゲームのデモに映っていた車椅子《くるまいす》の可愛い女の子だ！

妹のナナは15歳、俺にべったりのブラコンのようだ。

母親は第三夫人のミリム母様だ。俺とは腹違いの兄妹になる。

ナナは生まれつき足が悪く、車輪の付いた車椅子のような物に乗っている。母親に似たのかとても可愛い顔をしており、笑顔《えがお》が素敵な女の子だ。俺たち兄弟が可愛がるのも仕方ないだろう。見た目はフィリアに負けないほどの美貌《びぼう》の持ち主だ。髪は王家の者に多い赤系だが、ふわっとしたライトピンクの髪を肩甲骨《けんこうこつ》あたりの長さで整えている。足が悪いせいもあってあまり外に出ないため、色白で透《す》き通るような綺麗《きれい》な肌《はだ》をしている。

母たちとナナに大泣きされた後、少し会話し、皆には部屋の外に出てもらった。父様とこの後どうするのか話し合うためだ。話を聞かせて余計な心配をさせる必要はない。

「リューク、先ほどの教会での話は本当なのか？」

「いえ、女神様《めがみさま》に会ったのは本当ですが。犯人暴《あば》きの神託はしてくれません」

「どうするのだ……何か案はあるのか？　あそこまで煽《あお》ったのだ、神託の事を信じて暴露《ばくろ》されまいと死《し》に物狂《ものぐる》いで襲ってくるやもしれぬぞ？」

「それが狙いです……本来なら、そろそろ王都に向かわないといけません。ですが少し待ってもらっていいでしょうか？」

俺が馬車で王都に向かっていた理由なのだが、王都にある騎士《きし》学園の魔法科に入学するためだ。今年16歳になる婚約者のフィリアとナナも同じく魔法科に通う事になっている。

5月7日が入学式の為に、フォレスト領から馬車で3日の王都に余裕《よゆう》を見て向かうところだったのだ。そこを襲われ今に至る。ナナは足が不自由なため、介護《かいご》の専属侍女《じじょ》が2人付く。その者たちと同じ馬車で向かっていたので今回難を逃《のが》れた。

ちなみに兄カインは今年卒業で俺と入れ違いだ。兄は魔法特化の俺と違い、剣《けん》などの武器を得意とする騎士科を首席で卒業した。俺は父に似ず母に似たためか、魔法適性の方が高かったので魔法科なのだ。

母似の俺は水系の回復魔法と風系の魔法、少しだが神聖系と雷《かみなり》系の適性もある。回復魔法はこの世界ではかなり貴重で、両親ともに大変喜んでくれている。

貴族が血縁《けつえん》を大事にする理由に、魔法属性は遺伝で受け継《つ》がれるという事実がある。平民に魔法使いが少ない理由の1つだ。貴族が優秀な魔法適性の有る遺伝子を多く囲ってしまっているからなのだ。

妹のナナは父の属性が付いた為、火と土属性の適性がある。そのおかげで魔法科に入れたのだが、特別魔法が優秀というわけではない。だが、足が悪いため家から出ることが無い半引き籠《こ》もりだ……その分勉強に時間を充《あ》てたのか、魔法科の首席合格らしい。

名誉《めいよ》ある今年の新入生代表挨拶は、首席合格者のナナがやることになっている。

「うむ。命の危険があるのだ。お前の言うとおり学園行きは遅《おく》らせ、犯人が捕《つか》まるまでは俺が厳重な警備を敷《し》いて守ってやる。お前は部屋から出ぬ方がいいな」

「父様、それじゃあ犯人が俺を襲えないじゃないですか。あまりがちがちな警護はダメですね。少数精鋭《せいえい》で油断させるほうが良いです」

「態《わざ》と襲わせるのか⁉　カインならともかく、お前じゃ暗殺者にやられるだけだ！」

「ここだけの話ですよ。実は女神様に会った際に有用なスキルを既《すで》に頂いたのです」

「なんと！　どのようなスキルだ？　魔法か？　それとも剣技《けんぎ》のような技能か？」

これはいくら身内でも言えないよね……チート過ぎだから、秘匿《ひとく》しておこう。

「スキルの内容は家族であっても女神様との約束で教える事はできません。ですが、そう簡単に殺されるようなものではないので、ご安心ください」

滞在《たいざい》期間7日しかないのに、王都までの馬車の移動で3日も潰《つぶ》されるのはご勘弁《かんべん》だ。

王都への移動を待ってもらい、俺は残り6日間を堪能《たんのう》するつもりなのだ。

＊＊＊

「お前はフィリアに悪いからと、これまで侍女を付けずにきたが、やはりこの際専属侍女を付ける事にする。命には代えられぬからな、拒否《きょひ》は許さぬ」

学園に通う際に、伯爵《はくしゃく》以上の貴族は従者を1人連れて行っていい事になっている。身の回りの世話をさせる為だ。自分では何もできない貴族の子が多いからだそうだ。

俺にも16歳の入学に合わせて、3人ほど従者教育されていたようだ。しかし1名が途中《とちゅう》で脱落《だつらく》し、残っている候補者は戦闘《せんとう》系の侍女が1人、執事《しつじ》系に教育された者が1人だ。

で、今回の件で戦闘ができる侍女の方が選ばれる事になったようだ。まぁ、俺的には男子より女子のほうが嬉しい。ヤッターと内心で思ってしまった。

足の悪いナナには特別処置として侍女が2人付くことを学園が許可している。

ナナの世話をするのに特化した介護侍女だ。首席合格と公爵家という点が配慮《はいりょ》されたのだろう。車椅子とか重いからね……1人では厳しいのだ。

「執事候補の者は優秀だが戦闘があまり得意ではないのだ。今回の件もある……お前には戦闘系の侍女を付ける事にする。やはり学園に公爵家が侍女や執事を連れずに行くのは体裁が悪い」

「分かりました。父様が選んだ娘《むすめ》なのですから、兄の従者のように優秀なのでしょ？」

「ああ、優秀なのだがちょっと変わった子でな。あはは、まぁ大丈夫《だいじょうぶ》だろう」

何だ、今のリアクションは？　珍《めずら》しく父様が言葉を濁《にご》したぞ？　あまり見た事がない反応だ。

父様がどこかに連絡《れんらく》して、10分ほどで騎士に連れられて1人の少女がやってくる。

いや言い直そう、1人の幼女がやってきた。どうみても10歳くらいにしか見えない。

しかもメイド服だ！　我が家のメイド服は公爵家だけあって全て品の良い特注品だが、クラシックな英国風の丈《たけ》の長いタイプだ。だが、この娘の着ているタイプはメイド喫茶《きっさ》とかにいそうなゴスロリ風な丈が膝上《ひざうえ》の可愛《かわい》いやつだ……なんか良《い》い！　凄《すご》く良い！　メイド服は大好物だ！

髪《かみ》色はダークグリーンで黒髪にも見えるが、太陽光を通すとライトグリーンに輝《かがや》いている。全体的にショートヘアーだが、前髪《まえがみ》が長すぎて顔が殆《ほとん》ど見えない。俯《うつむ》いているせいもあって顔を確認《かくにん》できない。身長は130cmほど、体重も30kg無いぐらいだろう。耳が長くて尖《とが》っている。エルフの子供だろうか？

「父様、どうみても子供じゃないですか。こんな子供じゃ戦闘なんてできないでしょ？

侍女としての仕事も、これじゃ逆に俺が子供の世話係じゃないですか」

「違《ちが》うのだ！　これでも彼女はお前と同じ15歳なのだぞ！　ちょっと訳有りでな」

「ん！　レディーに対して失礼！」

「ええ〜！　15歳なの？　これで同い年？　……」

自分でレディーとか言っているけど、どうみても幼女ジャン！　お子ちゃまジャン！

「彼女はエルフと人間のハーフエルフの母と、ドワーフと小鬼族のハーフの父親の間に生まれた子なのだ。小さいのは小鬼族の血の影響《えいきょう》だろう。ドワーフも力は強いが小柄《こがら》な種族だしな」

なんと4種の混血だった……幼く見えるのは異世界特有の種族特性のようだ。

「エルフもドワーフも混血を毛嫌《けぎら》いする種族だ。エルフからもドワーフからも村や町を追われ、この街に辿《たど》り着いたが、道中の疲労《ひろう》で母親は病に倒《たお》れ、この教会に彼女を託《たく》した後、数日で息を引き取った。彼女が8歳の時だが、私が丁度その場に居合わせてな……ナナかお前の侍女にしようと考え引き取ったのだ。エルフは魔法《まほう》に長《た》けているし、ドワーフは力が強く鍛冶《かじ》や戦闘にも優《すぐ》れている。小鬼族も狩猟《しゅりょう》民族で弓や諜報《ちょうほう》に特化していて優秀な種族だからな」

「でも、平民は王族である公爵家の侍女に成れないのではないですか？」

「その点は心配ない。彼女は我が配下の子爵家の養女にしてあるので、貴族として王都に登録されている。お前たちの入学に合わせて準備は万全《ばんぜん》にしてある。唯一《ゆいいつ》の誤算は、私が初めて会った時からちっともこの子は成長していないのだ。この小ささじゃ流石《さすが》にナナの世話はできない。抱《かか》えて移動する事も多いし、トイレや風呂《ふろ》の介助ができないからな」

「……こんなに小さくて大丈夫なのですか？　本当に戦闘なんかできるのですか？」

「これも私の予想外なのだが、彼女は余程頑張《よほどがんば》ったと見えて、あの三番隊隊長のカリナに10試合中7勝して勝ち越《こ》しているほどの猛者《もさ》だ。お前なんかよりずっと強いぞ。それに侍女としても優秀だそうだ。口調だけは矯正《きょうせい》できなかったそうだがな……」

「ん、公爵様に拾ってもらい、貴族の養女にまでしてもらった。恩を少しでも返したくて頑張った！　毎日リューク様の役に立てるように凄く頑張った！」

彼女の必死さが伝わってくる。

8歳からだと約8年間この時の為《ため》に日々努力してきたのだろう。

エルフと小鬼族のハーフとか可愛いんだろうな……顔が見たい！

「目を見せてもらえるかな？」

「リュークよ、彼女は私にも恥《は》ずかしがって顔は見せてくれないのだ、許してやれ」

「目は口ほどにものをいうといいますが、性格なども目に出ます。主従関係になるのですから、お互《たが》いに大事なことではないでしょうか？」

「ん、解《わか》った。恥ずかしいけど、リューク様になら見せてあげても良い……」

「な！　ずるいぞ！　俺も見たい！」

「ん！　公爵様でもダメ！　リューク様だけ特別！」

彼女は部屋の隅《すみ》に俺を連れて行き、他《ほか》の者に見えないように前髪を掻《か》き上げて俺だけに目を見せてくれた。

「なっ！」

妖精《ようせい》さんが居ました！

あ！　この子もデモに映っていた可愛いエルフの女の子だ！

「どうしたリューク！」

「父様！　可愛い妖精さんが居ました！　ナナやフィリアに劣《おと》らないほどの美少女です！　とても澄《す》んだ濁りの無い綺麗《きれい》な目をしています！」

「どれ、私にも見せておくれ」

「ん、ダメ！　母様との約束！　顔は絶対見せちゃダメなの！」

「あー、そういう事か……」

「リュークには理由が解るのか？」

「母親は彼女を心配して見せちゃダメと言ったのでしょう。エルフや小鬼族は男女共に可愛い美形が多いので、よく攫《さら》われて奴隷《どれい》として売られると聞きます。彼女もとても整った妖精と思えるほどの美少女です。大事な娘が攫われたりしないように、母親は常日頃《つねひごろ》よりこの子に注意していたのではないでしょうか」

「成程、養父から凄く可愛いとは聞いていたが、それほどの美少女なら私も是非《ぜひ》見てみたいのだが……」

「ん、公爵様でも絶対ダメ！」

「うっ、仕方がない……諦《あきら》めるか。で、リュークよ……どうするのだ？」

「はい、俺の専属侍女は彼女にお願いします。暗殺者も小さい娘なら油断するでしょうし、うってつけかも知れないです」

「ん！　ありがとうリューク様！　嬉《うれ》しい！」

声から本当に嬉しそうなのが伝わってくる。

侍女の中には、親に言われて渋々《しぶしぶ》侍女見習いをやっている貴族のご令嬢《れいじょう》もいるのだ。高位貴族に付いて、自家との縁《えん》を深め、厚遇《こうぐう》してもらうのが主な目的だが、『なぜ従者の真似事《まねごと》を』と思っている者も多いようだ。躾《しつけ》として渋々任命された感じの娘より、この子はずっと好感が持てる。

「じゃあ、君の名前を教えてもらえるかな？」

「ん、サリエ・E・ウォーレルです。よろしくお願いします」

「サリエ、これからよろしくね」

俺に可愛い戦闘メイドが付きました。

「リュークよ、具体的に暗殺者に対抗《たいこう》する案はあるのか？」

「特にないのですが、少し揺さ振《ぶ》りをしてみたいと思います。俺は西館に今日から何日か隠《かく》れると、それとなく周りに情報を流してもらえませんか？」

西館は、本館から500mほど離《はな》れている場所にある。見晴らしの良い場所に建っているので、主に来賓《らいひん》の宿泊《しゅくはく》時に利用されている。

「成程、あえて情報を流し、誘導《ゆうどう》して捕《と》らえるのか」

「厳重警備にすると、敵に場所が気付かれるので、こっそり侍女《じじょ》と数名の部下だけでやり過ごすと情報を与《あた》えてください。何時《いつ》女神様《めがみさま》に犯人だと暴露《ばくろ》されるかしれないので、おそらくこれで何らかの行動をしてくると思います」

「だがかなり危険だぞ、いくらサリエが優秀《ゆうしゅう》でも暗殺はそう簡単に防げるものではない」

「はい、理解しているつもりです。ですが俺には女神様から頂いたスキルがあります」

「その授《さず》けていただいたスキルはそれほどのものなのか？」

「そうですね。父様が『ずるい！』って言うくらいのものです」

「うーむ、ますます知りたくなったが、教えてはくれないのだろ？」

「今はダメですね。女神アリア様が教えても良いと言うまでは勝手に言えません」

「色々不安だが、女神様の思し召《おぼめ》しだ……黙《だま》って見ていよう。だが、もう死ぬんじゃないぞ。親より先に死ぬ事ほど親不孝な事は無い」

「はい、女神アリア様に誓《ちか》って」

7日間しか期間がないのだ。早くこういう事件は解決して、異世界でしか見られない本物のエルフや猫耳《ねこみみ》ちゃんを俺は探しに行くのだ！

「忘れるところだった。少し前にラエルから連絡があって、この際お前たちと一緒《いっしょ》に学園に向かいたいと言ってきたので了承《りょうしょう》しておいたぞ」

「そういえば先ほど教会内で見かけましたね」

「態々《わざわざ》王都からゼファーと共にお前の葬儀《そうぎ》に駆《か》けつけてくれたのだ」

ゼファーとは父様の弟で、その子供がラエル君だ。俺からすれば叔父《おじ》と従弟《いとこ》だね。ラエルとは同い年という事もあって、俺やナナとも仲が良い。フィリアと婚約《こんやく》してからは、フィリアも交えてこの4人でよく遊んでいた。

ラエルはうちのカイン兄様と同じく王家の血が色濃《いろこ》く出たようで、身体の強化系スキルを得ていて、騎士《きし》学園の騎士科の首席合格者だ。剣技《けんぎ》も上手《うま》く、将来有望だと既《すで》に噂《うわさ》されているほどの天才肌《はだ》の従弟だ。

「でも、今、俺の近辺に居るのは危険ですよね？」

「そうだな……ラエルは学園出発まで、我が家の所縁《ゆかり》の者の別館で待機してもらうことにする。ゼファーは公務が有るので先に帰るそうだ。ラエルも3日の退屈《たいくつ》な旅を、どうせならお前たちとワイワイ楽しく行きたいのだろう」

リューク個人を狙《ねら》ったのか、フォレスト家の人間を狙ったのか解らないから、危険が及《およ》ぶとまずいのでラエルにはかなり距離《きより》をおいた別館で待機してもらっているそうだ。

追い詰《つ》められた犯人が、周りを巻き込んで俺ごと高威力《こういりよく》の広範囲《こうはんい》魔法《まほう》とか撃《う》ってこないとも限らない。父様の言うとおり、今は安全の為に俺と距離をおいたほうが良い。

ラエルは自家から護衛で伴《ともな》ってきた騎士と従者を数名別館に連れ込んだようだ。何かあった際は、加勢してくれると意気込んでいるらしい……頼《たの》もしい奴《やつ》だ。

父様は、ナナと母親たちを事が終わるまで実家に護衛付きで帰したそうだ。

体調が悪く、熱のある第二夫人のセシア母様は移動が困難で本館に残ったと聞いたが心配だ。コール機能で話はしたが、後でゆっくり会いに行く約束をしている。

＊　＊　＊

家族と一旦《いったん》別れて現在西館に来ているのだが、夕飯まで少し時間があるようだ。

侍女のサリエは俺の自室のすぐ隣《となり》にある従者用の待機部屋で控《ひか》えさせている。この空き時間に、今、俺が気になっている事を順番に確認《かくにん》するとしよう。まずは俺の今の容姿だ。

目の前の鏡に映っている俺は母によく似た中性的な美少年。肌は色白で、目もパッチリしていて鼻筋も通っている。小顔で均整のとれた可愛《かわい》い感じだ。髪《かみ》の色は水属性と聖属性の得意な者に多いシルバーブルーだ。母親の髪色に近い。

細マッチョで整った可愛い容姿なので、俺的にかなり気に入った。

次はステータス確認だな。例の【クリスタルプレート】を呼び出す。頭の中で思い浮《う》かべて【クリスタルプレート】と詠唱《えいしょう》すれば胸の前に魔《ま》法陣《ほうじん》で浮かび上がらせる事ができる。網膜《もうまく》上に出すことも可能で、戦闘《せんとう》時はそっちを使う方が一般《いっぱん》的だ。

どれどれ……俺のステータスはどんな感じかな？

ん？　んん!?　種族レベルの表示が1になっている！

アリアさん、これでどうしろと？　これはヤバイ！　俺の元のレベルは種族レベル18あったはずだ。何で生まれたての赤ちゃんみたいにレベルが1しかないんだよ！　これ下手《へた》したらすぐ死んじゃうよ？

身の危険を感じるので、早速《さっそく》アリア様から頂いたオリジナル魔法で強化するとしよう。

とりあえず、直《す》ぐに要《い》るモノから創《つく》るかな。

【インベントリ】亜《あ》空間に倉庫を創る。時間停止機能が有り、収納数及び重量制限は無制限。

よしできた！　これは絶対欲しかった！　ラノベではよく有る定番チートだよね。

【ナビシステム】この世界の情報を収集して、その情報を音声ナビしてくれる俺専用ナビ。

疑似《ぎじ》人格を持ち、独自に思考して俺に危険が無いよう音声ナビしてくれるＡＩ的なイメージだ……よし、ナビシステムちゃんおいでー愛してるよ～！

かなり集中してイメージしてみたがどうだろう？

「ナビゲイトさん居ますか？　おーい？　ナビシステムちゃんやーい！」

返事無し。やっぱりダメか……世界の情報に関与《かんよ》とか流石にないですよねー。

音声ナビ的なモノが有れば凄《すご》く便利だと思ったのだけどな……気を落とさずに次だ！

直ぐに要るのは、周りの状況《じょうきょう》が詳細《しょうさい》に分かる事。これが有れば危険がかなり回避《かいひ》できる。

つまり探索《たんさく》魔法だ。元からこの世界に有る既存《きそん》魔法にも勿論《もちろん》あったのだが、おおざっぱな物だった。俺は詳細に分かる魔法が欲しいのだ。良いのが無ければ創ればいい。

【周辺探索】自分を中心にサークル状に詳細探索する。MAP化し光点で敵味方をリアルタイムに確認できる。光点の色分けで敵味方の判別可能。魔獣《まじゅう》：赤　敵：赤点滅《てんめつ》　パーティーメンバー：緑　無関係者：白。

……よし、こんなものかな………。

『……マスター、マーキング機能もあった方が良いのでは？』

「ふぁっ！　びっくりした！　もしかして、ナビシステムちゃん!?」

『……はい』

「なんで？【魔法創造】成功していたの？　どうして直ぐに返事してくれなかったの？」

『……恥《は》ずかしかったのです』

「女の人の声だね……可愛いアニメ声？」

『……マスターのイメージどおりです』

「マスターって言うのは？」

『……イメージどおりです』

「それも俺がスキル創造時に抱《いだ》いたイメージなのか……恥ずかしいのも？」

『……分かりません。でも愛してるって、マスター言いました』

「エッ!?」

「あ!! 了解《りょうかい》です！　『ナビシステムちゃんおいでー愛してるよ～！』って言ってる俺の動画、俺の網膜に直接リピート再生しないでね。羞恥《しゅうち》プレイ禁止！」

なんか、ヤバイのできちゃったかな。感情とかあるのか？

『……創っておいて3分で捨てられる可哀想《かわいそう》な私……』

「げっ！　思考も読めるって神と一緒ジャン！　俺のプライベートは？　あの～、24時間随時《ずいじ》発動型でしたよね？」

『……マスターがそうイメージをしたはずです……3分で捨てられる？』

「もうぶっちゃけて聞くね……若いリビドーに負けて弾《はじ》けたい時、俺のプライベートは？」

『……ナビします！　ナビシステムだけに』

「上手い事言ってないからね！　後、直リンクで俺の網膜上にエロ動画送ってこないで！」

『……マスターのPCの隠しフォルダに入っていました。再生回数の一番多いヤツです！　前回再生　終了《しゅうりょう》位置から再生しました』

「えっ？　日本の俺のPCと繋《つな》がっているの？　確かにダウンロードボタンをクリックしたら飛ばされたけど……それと俺の恥ずかしい事をバラすのも禁止！」

俺の思考も筒抜《つつぬ》けのようだ。まぁ、あと6日ほどだし、別にいいけど。

「ナビシステムちゃん、少しの間だけどよろしくね」

『……少し？　あ、はいよろしくお願いします』

とりあえず、いつ襲《おそ》われるか分からないから、防御《ぼうぎょ》をさっさと固めよう。

【カスタマイズ】自分のステータスやスキル熟練度を弄《いじ》って強化できるようになる。

【マジックシールド】魔法で熟練度相応のダメージを吸収してくれる。

【プロテス】物理防御の強化魔法。

【シェル】魔法防御の強化魔法。

【無詠唱】魔法の詠唱をしなくても発動できるようになる。

これだけあれば即死《そくし》は無いだろう。戦闘侍女のサリエが駆けつけるまで持てばいい。

問題は創った各魔法のＭＰ消費量だ。１つ発動するのに消費ＭＰ１０００とかだと詰みだ。できるだけ早めに検証する必要がある。

『念話できるのかな？　ナビシステムちゃん？』

『……はい、それで念話可能です』

『システムちゃん、今この屋敷《やしき》にいる以外の者が来たら教えてね？　そういうのできる？』

『……可能ですので誰《だれ》かが来たらお知らせします。それよりマスター、素敵な名前がほしいです。システムちゃんは嫌《いや》です』

名前がほしいのか……確かにシステムちゃんはそっけないよね。

『じゃあ、ナビシステムだからナビー！「ナビー」音的に凄く可愛い響《ひび》きだよね？』

少しカーナビやナビゲーターとかの説明もしてあげたら、自分で検索していたみたいだ。

『……運命共同体でパートナーですか。ナビゲーターのナビー、凄く気に入りました。今からナビーとお呼びください！　この世界でオンリーワンです！』

気に入ってくれて良かったが、こいつ結構ちょろいな……。

『……聞こえています！　チョロくて良かったですね！』

『思考を読みやがった……悪かったって。でも可愛い良い名前だろ？』

そうだ、折角ナビーが居るんだし、もう1つ創っておこう。

【詳細鑑識《かんしき》】ナビー経由で鑑定した物の平均価格や相場のデータが得られる。【周辺探索】と併用《へいよう》する事によりMAPに人物名や魔獣名などが表記できる。

『……鑑定魔法の応用ですか。凄く良い発想です。以降ナビーがサポートします』

初期値として貰《もら》った10ポイントあるAP（アビリティポイント）を9ポイント使った。

『そうだナビー、相談なのだが、実は生き返ったことで俺の種族レベルが初期化されて現在レベル1しかないのだが、どうしたものかな？』

『……レベル1……これは凄く危険な状態ですね。う～ん、手っ取り早くレベルを上げる

ために は魔獣を狩《か》る必要が有りますね。街の周辺でスライムやゴブリンなどを倒《たお》すのが良いかと思われます』

スライムきたー！　魔獣狩り……なんか異世界っぽくていい！　冒険者《ぼうけん》とか憧《あこが》れる！

明日はサリエとこっそりスライム狩りに行こう。

＊＊＊

夕飯ができたそうで、食堂で食事を摂《と》る事にする。

食堂には20人ほどが座れる長テーブルに俺の分だけが用意されていた。横に控えられるのは息苦しいし、緊張《きんちょう》で食事が喉《のど》を通らない。サリエと給仕の2人が側《そば》で俺の食事をそれとなく見ているのだ。1品食べ終える頃《ころ》に次の皿をさっと持ってきて温かいものが出される。フランス料理のコースディナーみたいだ。

食事はどれもとても美味《おい》しく、初めて食べるものが多かった……異世界料理も悪くない。

メイン料理だったオークのステーキは絶品だ。あえて表現するなら、豚《ぶた》8：牛2を混ぜたような食感と味わいだ。とても柔《やわ》らかくて、こちらにいる間にもう一度絶対食べたいと思えるほどだった。オーク自体の肉は安価なものだそうだが、俺の好物の1つなので今日は復活のお祝いにと料理人が腕《うで》を振《ふ》るってくれたようだ。

庶民《しよみん》な俺からすれば、サリエとワイワイ楽しく食べたいのだが、彼女は俺が話し掛《か》けなければ、おそらくず〜っと黙《だま》っている。今のところ用がある時以外は話し掛けてくれない……つれない娘《むすめ》だ。知り合ってまだ数時間なので仕方ないのかな。

1人での寂《さび》しい食事を終え、部屋に戻《もど》ろうとするとサリエが声を掛けてきた。

「ん、お風呂《ふろ》の準備もできている。入る時は声を掛けて。温《ぬる》くなる前に早めにお願い」

「ああ、ありがとう」

日本人なので毎日の入浴は欠かせない。アリア様、公爵家《こうしやく》にしてくれてありがとう！　この世界の一般人は滅多《めつた》にお風呂に入れない。公衆浴場は有るのだが、入浴にはお金がかかるのだ。薪《まき》で沸《わ》かす、魔道具で沸かす、魔法で沸かす。どの手段であっても、それなりの金銭が掛かるのでしょうがない。

貴族の使用人たちは、主人が入った後に利用できるために、主人が入浴希望をすると凄く喜ばれる。主人が入らない日は、当然使用人たちも入れない。お湯で清拭《せいしき》するだけだ。

あまり入るのが遅《おそ》いと湯が温くなってしまう。配慮《はいりよ》のできる主人なら早く入ってあげ、自分が出る前に張ってある湯の温度を上げておいてあげる。次入る使用人には当然喜ばれる。勿論俺も出る前にちゃんと温め直しているので、使用人たちから好かれている。

温くなる前にと思い1人で風呂場に向かっていると、サリエに見つかり怒《おこ》られた。

「ん！　声を掛けてと言っておいた！」

「ごめん、ごめん。どうせお風呂だし、1人で……」

と言おうとしたところで、あることを思い出した。そういえば、俺は1人でお風呂に入っていなかったのだ。着替《きが》えや体を洗うのも、従者が行っていたのだ。問題は今回襲撃《しゅうげき》を考え、この館《やかた》には極力使用人をおいていないため、サリエが入浴介助《かいじょ》に入ってこようとしている事だ。

「サリエ、何一緒《いっしょ》に入ろうとしているんだよ！」

湯着という薄手《うすで》の衣を身につけており、脱衣《だつい》所に入ってきて俺の服を脱《ぬ》がせようとしているのだ。流石《さすが》に出会って直ぐの娘と一緒《いっしょ》にお風呂はハードルが高い。

「ん、リューク様の入浴中の護衛も有るので私も一緒に入る……」

凄く恥ずかしそうな声でそう言った。

「今日は1人で入るよ。護衛は脱衣所で待機してくれればいい。それに、その湯着結構薄いし、白い布だから濡《ぬ》れると透《す》けるよ？」

「……ん、問題ない……」

問題ないと本人は言っているが、どう見ても嘘《うそ》だ。顔は前髪《まえがみ》で見えないが、長くてとんがった耳が真っ赤になっている。顔も真っ赤になっているのは間違《まちが》いない。

「でも湯着を着ていたら、サリエ自身の体は洗えないだろ？」

「ん、後で【クリーン】の魔法を使うから大丈夫《だいじょうぶ》」

【クリーン】は浄化《じょうか》の魔法だが、掃除《そうじ》や洗濯《せんたく》、お風呂の代わりにもなって色々便利な魔法だ。多分凄《すご》く恥ずかしいのを我慢《がまん》しているのだろうと思うし、口下手《くちべた》なのを頑張《がんば》ってしゃべっているのも伝わってくる。ちょっと腹を割って話してみよう。

「サリエはどうしてそこまで俺に尽《つ》くそうとするんだ？」

「ん、拾ってくれたゼノ様に恩返しをしたい。養父や養母も凄く大事に可愛《かわい》がって育ててくれた。この両親にも恩返ししたい。リューク様に精一杯《せいいっぱい》仕える事が今の私にできる一番の恩返し。何よりリューク様に以前助けてもらったから……受けた恩は絶対返す」

「ん？　以前に俺が助けた？　サリエを？」

サリエの話を聞き思い出した事がある。俺は8年前にサリエに会っていたのだ。

それはサリエが母を亡《な》くして直《す》ぐの頃、今の養父に紹介《しょうかい》するためにこの公爵家に来ていた事があったのだ。教会からシスターに連れられて、サリエはうちのお屋敷を目指して歩いていた。もう直ぐ到着《とうちゃく》という時にある事件が起こる。

この公爵家は領内の北に位置し、城壁《じょうへき》の内側にも拘《かかわ》らず小さな林を所有している。

貴族が飼っていた犬が逃《に》げだし、この林で野犬化して腹を空《す》かせていたヤツが、外に居た小さいサリエに襲いかかったのだ。その時悲鳴を聞きつけ真っ先に駆《か》けつけたのが、庭で遊んでいた俺だったのだ。当時まだ7歳だったにも拘らず、勇敢《ゆうかん》にも身を挺《てい》してサリエの前に割り込んで庇《かば》ったのだ。直ぐに門番も駆けつけてきて大事には至らなかったが、俺は腕を噛《か》まれて少し負傷した。腕の噛み傷はその場でシスターが回復してくれ、傷が残るような事もなかった。

『……マスター』

『うわっ！　びっくりした！　急に声掛けないでくれ……』

すっかりナビーの事を忘れていた……急に声を掛けられ心臓がバクバクいっている。

『……ナビーの存在自体を忘れていたのですか……酷《ひど》い……補足情報です。サリエにとってはその事は忘れられない事件だったようで、身を挺して庇ってくれたリュークに強い恩義を感じたようです。当時の幼いサリエからすれば恩義というより、身を挺して庇ってくれたかっこいい王子様的な存在のようですね』

『ナビー、忘れていてごめん。凄く良い情報ありがとう』

過去の情報まで引き出せるとは……意外とナビーちゃんは凄いな。

『……サリエは学園の侍女《じじょ》候補の話を聞いて、次は自分がリューク様を守る番だと剣《けん》の修業を人の何倍も頑張ったようです』

だからここまで尽くそうとしてくれるのか……なんて一途《いちず》で可愛いのだろう！

「あの時の女の子がサリエだったんだね。俺も覚えているよ」

「ん！　覚えていてくれて嬉《うれ》しい！　だからできることは精一杯頑張る」

「でも、無理に恥《は》ずかしい事はしなくていいよ。俺は優秀《ゆうしゅう》な探索魔法《たんさくまほう》持ちだから、サリエは脱衣所で控《ひか》えてくれてればいい。何かあったら直ぐに呼ぶから、その時は助けにきてくれるとありがたい。俺が済めば次はサリエが入るといい。俺はその間、サリエに声が聞こえる範囲《はんい》内で待っているから」

「ん、あるじを入り口で待たす侍女とか聞いたことないので却下《きゃっか》！」

「俺がいいと言っているのだから、別にいいんじゃない？　入浴しないと衛生的に良くないよ」

「ん、【クリーン】掛ければ浄化できる」

「ちゃんと入った方がいいに決まっているでしょ？」

俺が入浴した後に無理やり風呂に行かせたのだが、サリエは3分で出てきた。

どうあっても俺を待たせたくないそうだ。湯船に入ることもせず、頭と体を同時にさっと洗って湯をぶっかけてきただけのようだ。

何日もこれが続くのも可哀想《かわいそう》だし、どうしたものか。

入浴後にサリエを部屋に呼びだし明日の予定を伝える。

その前に気になる事があるので聞いてみる。

「サリエ、いつもお風呂上がりの濡れた髪《かみ》はどうしているんだ？」

「ん？　よく拭《ふ》いて香油《こうゆ》をつけている。できるだけ匂《にお》いのないやつ」

俺の記憶《きおく》に無かったので聞いたのだが、ドライヤー的なものはないようだ……試《ため》しにやってみるか。手から温風が出るイメージをして魔力を込めたら簡単に出せた。風魔法と火魔法の複合魔法だ。うるさいモーター音もなく、実に良い魔法ではないだろうか。

「サリエ、ちょっとおいで」

椅子《いす》に座らせ、この新魔法で髪を乾《かわ》かしていく。『あるじにこのような事をさせては』とか言っていたが無視だ。サリエの綺麗《きれい》なサラサラの髪に触《ふ》れるのは気持ちがいい。何より髪を乾かしてる間は前髪を風で掻《か》き上げられるので、サリエの可愛い顔が見放題なのだ。

「このまま聞いてほしい。皆《みんな》には絶対秘密なんだけど、誰《だれ》にも言わないと約束できる？　父様にも言ったらダメだよ」

「ん、主人との信頼《しんらい》は最重要事項《じこう》。誰にも言わない」

「俺もさっき見てびっくりしたんだけど、今現在俺の種族レベルが1なんだ」

「ん？　1って？」

「生き返ったことによって、レベル1にリセットされちゃったみたい」

「ん、それってどういう事？　凄く嫌《いや》な予感がする……」

俺は【クリスタルプレート】を呼び出して、サリエにも見えるように設定した。

通常だと第三者には見えない仕様になっているのはお約束だね。

「ん！　見てもいいの？」

「ヤバイから、一応見といて」

【クリスタルプレート】に映し出された俺のステータスを覗《のぞ》きこんだサリエが固まって、顔を引き攣《つ》らせた。

「ん！　やばい……私の小指一本で死にそう……」

「だろ？　なので、明日は朝一からレベル上げに行こうと思う」

「ん、外に出るのは危険！」

「いや、むしろ安全だよ。こっそり早朝に抜《ぬ》け出せば、どこに行ったか探《さぐ》りようがないからね。ここを出る時に尾行《びこう》にだけ気を付ければいい。街中に居るより、森でスライムでも狩っている方が安全だ。人気《ひとけ》のない森で近寄ってくる人間がいれば、間違いなくそいつが犯人だ。広い森の中で偶然《ぐうぜん》人に出会うとかまずないからね」

「ん、納得《なっとく》」

「俺はレベル1だから、戦闘《せんとう》は全《すべ》てサリエに任せる事になるけど明日はお願いね」

「ん、リューク様が安全圏《けん》に達するまで頑張る」

髪を乾かしながらの会話だったが、サリエは櫛《くし》を入れるたびに気持ち良さそうに目を細める。なんだかとても幸せそうな表情なので、見ているこっちも幸せな気分になる。

サリエは前髪が掻き上げられ、顔が見えているのも気付いていないようだ。

完全に髪が乾いたのを確認《かくにん》して暴露《ばくろ》する。

「乾いたよ、サリエの可愛い顔がよく見られたから嬉しいよ。明日も俺に乾かさせてね」

「んみゃー！　顔見られた！　はぅ！」

手で前髪を押さえて顔を隠《かく》しているけどもう手遅《ておく》れだっての。可愛い奴《やつ》め。

「で、サリエのステータスも見せてくれるか？」

サリエは一瞬《いっしゅん》迷ったが見せてくれた。自分の情報を見せることは普通《ふつう》絶対しない。スキル構成やレベルなどで弱点が漏《ろう》えいするからだ。余程《よほど》の信用がないとまず見せない。

サリエのレベルは28もあった。一般《いっぱん》人はレベル15前後、街の衛兵で25前後、騎士《きし》が35前後が標準値だ。だが、1つ疑問がでてきた。

「サリエ？　騎士隊長のカリナさんに勝ち越《こ》しているんだよね？　彼女、確かレベル40ぐらいあったと思うけど、どうやって勝ったの？　普通28じゃ勝てないだろ？」

「ん、スキル構成と敏捷《びんしょう》差で勝てた。大事なのは種族レベルより【剣術】や【身体強化】等の熟練レベル。私の剣は軽いからガイアス隊長とアラン隊長には勝てない」

構成次第《しだい》でレベル差はある程度覆《くつがえ》せるのか。でもサリエが努力したのだろうと思う。

「じゃあ、明日は6時に出発ね。今からシェフに言って朝食を5時30分に、お昼の弁当もその時間に用意してもらっておいてくれ。勿論《もちろん》森に出かける事は上手《うま》くごまかしてね」

「ん、分かった。頼《たの》んでくる」

第2章 スライムにも負けそうなのでレベル上げに行きました

【異世界生活2日目】

早朝6時、街の門の開放とともに街の外に出てサリエと2人で魔獣《まじゅう》狩《が》りに向かう。

門を出る前に、最後のAP1ポイントを使ってオリジナルをもう1つ創《つく》ろうと思う。

【殺生強奪《せっしょうごうだつ》】殺した相手からSP（ステータスポイント）・AP・EXP（経験値）・技能スキル・魔法スキル・パッシブスキルを全て奪《うば》う。

効率よく経験値やスキルを得るためのものだが、我ながらチートすぎる。ダメもとで創ってみたが、創主様がよく許可したなと思う。まぁ、こちらとしては嬉しい限りだ。

パーティー（PT）を組むのだが、PTリーダーが経験値の配分を決める事ができる。
1、パーティーでの均等割り　2、貢献度《こうけんど》順位での配分
今回は俺のレベルアップが目的なので1のパーティーでの均等割りに設定してある。

「じゃあサリエ、何もしないで経験値をもらって悪いけど今日はよろしくね」

「ん、頑張る」

「とりあえず俺が即死《そくし》しない程度まで、街周辺の雑魚《ざこ》魔獣から始めようか」

「ん、スライムやゴブリンあたりが無難」

【周辺探索《たんさく》】を発動したのだが、熟練レベル1だと1kmしか探《さぐ》れないようだ。ナビーに聞くとポイントを振《ふ》ってレベル10にすると最大で10kmまで探れるようになるらしい。先に伸《の》ばしたいスキルがあるので、暫《しばら》くはこのままでナビー頼《だよ》りかな。

＊　＊　＊

街を出て10分ほど歩くとMAPに反応があった。

街道から200mほど林に入った所にスライムがいる。まずはこれを狩《か》ろう。

「サリエ、ここから200mほど先にスライムがいる。まずはそれを狩ってみよう。周辺に4匹《ひき》いるから全部で5匹狩れる。1レベルぐらいは上がるだろう」

「ん？　リューク様は200m先の魔獣の種類が判《わか》るほどの優秀な探索魔法持ち？」

「そうだよ。サリエには追い追い話すつもりだけど、皆には俺のスキルの事は内緒《ないしょ》ね」

「ん、解《わか》った。絶対言わない」

200mなので直《す》ぐに到着《とうちゃく》した。

今、俺の目の前に本物のスライムが居る！　体高1mほどのシルバーマークのような涙《なみだ》形の水色の丸い謎《なぞ》生物だ！　これぞ異世界！　なんかちょっと可愛《かわい》いぞ！

初魔獣を感慨《かんがい》にふけって見ていたら、サリエが剣《けん》を抜いて一瞬で間合いを詰《つ》め、スライムを一刀で真っ二つにしてしまった。

「ん、リューク様、あまり近付くと粘液《ねんえき》の中に取り込まれて窒息死《ちっそくし》する。レベルが低いとスライムでも危険」

2つに断たれたスライムはドロッと液状化し、地面に水溜《みずた》まりのようにゲル化してしまった。何ともあっけない……動きもゆっくりだし、お約束的に最弱設定だった。サリエの武器が良いのも有るけどね。俺たちの装備、かなり高価な装備だ。武器はミスリルの剣だし、防具も軽装だがかなりの防御力《ぼうぎょ》がある品だ。

サリエは靴《くつ》を登山靴《ぐつ》のようなショートブーツに履《は》き替《か》えているが、例の可愛いメイド服のままだ。どうやらこのメイド服、サリエ専用の特注品で戦闘に支障がないように開発されたものだそうだ。ストリングスパイダーという魔獣の非常に魔法耐性《たいせい》が有り、突《つ》き・斬《ざん》撃《げき》に強い特殊《とくしゅ》な蜘蛛《くも》糸で織られた高級服らしい。

『……マスター、先ほどの戦闘でスライムからスキルを4つ奪ったようです』

『エッ!? あ！　そうか、さっき創った【殺生強奪】だね。最弱雑魚のスライムなのに4つも奪えたんだ』

今回倒《たお》したスライムはブルースライム、奪ったのは水系魔法が3つ。強化系が1つ。

【アクアボール】レベル2【アクアカッター】レベル3
【アクアヒール】レベル3【身体強化】レベル2

俺のレベルは上がらなかったが、これは美味《おい》しい。特にヒールと【身体強化】は嬉《うれ》しい。アクアと名がつく魔法は水系の魔法で、ボール系は当たった後爆発《ばくはつ》する爆裂《ばくれつ》系。カッター系は切断魔法。ヒール系は回復魔法になっている。

本来この3つの初級スキルは水系を得意とする俺は習得済みで、熟練レベル10だったのだが転生時に初期化されて全て消えてしまっている。

【身体強化】は五感まで強化される、この世界にある既存《きそん》の最強パッシブ系スキルだ。皮膚《ひふ》や骨・筋肉等、あらゆる箇所《かしょ》が強化されるという、かなり優秀《ゆうしゅう》なものだ。

2匹目のスライムを狩ったらレベルが上がった。スキルも1つ奪ったようだ。

『……マスター、先ほどのスライムは【アクアヒール】レベル2と【アクアボール】レベル2を持っていましたが、マスターが既《すで》に獲得《かくとく》済みでしたので、APに還元《かんげん》されたようです』

『獲得しているスキルが被《かぶ》ったら、習得に必要分のAPとして還元されるってこと？』

『……はい。マスターがポイントを振って各スキルをレベル2にするのに2ポイント要《い》ります。さっきのスライムはレベル2の被っているスキルを2つ持っていたので4ポイントAPとして還元されたようです』

「ん？　リューク様どうしたの？　気分でも悪いの？」

ナビーと念話でやり取りをしていたので、傍《はた》から見ればボーッとしていたように見えたらしい。

「あ、違《ちが》うんだ。ちょっと考え事をしていてね。少し待っていてもらえるか？」

「ん、分かった。待ってる」

【クリスタルプレート】で確認したらさっき倒したスライムの還元分のAP4ポイントとレベルアップ時に入ったAP3ポイントで現在7ポイントもAPが入っていた。

これは美味しすぎる……スキル創り放題だ。

早速《さっそく》スキルを補充《ほじゅう》しておこう。ポイントを寝《ね》かせておいても勿体《もったい》ないからね。

【獲得経験値増量】【獲得AP増量】【獲得HP増量】【獲得MP増量】

読んで字のごとく、獲得増量系のパッシブスキルだ。これらがあると、本来得られる数値より多く獲得できるというチートなものだ。これらにも熟練度レベルがあるようで、レベル1だと余分に得られる量は10%のようだ。レベル10で100%増し、つまり2倍も多く人より得られることになる……レベルが上がる毎《ごと》に皆《みな》と差が付きそうだ。

『……マスター、やりたい放題ですね。アリア様から程々にしてねと言われてしまいました……』

『え？　やっぱダメなのか？　やり過ぎ？』

『……創主様がダメだと制止しないかぎり認めてくれるようですが、アリア様からすれば、日本のオタクを舐《な》めていたって感じなのでしょうね』

『オタクって……そこまでではないと思うけど……どうせ残り期日は6日しかないんだし、2倍程度じゃ際立《きわだ》った事にはならないだろう』

許可してもらえるなら、別にどう言われてもいいけどね。

異世界ライフを楽しむ前に死んでしまったらシャレにならない。遠慮《えんりょ》はしないよ。

レベルが上がってMP（マジックポイント：魔法量）も増えたので、念のため防御スキルを使っておく。俺は無詠唱《むえいしょう》で【マジックシールド】【プロテス】【シェル】を自分とサリエに発動した。

「ん!?　リューク様！　今、私に何かした？」

「【マジックシールド】【プロテス】【シェル】を掛《か》けたんだよ。熟練レベルが低いから効果は薄《うす》いけど、無いより安全性は高まるから念のためにね。変な魔法は掛けてないから安心して」

サリエは俺に黙《だま》ってスキルを掛けられて、少し不安だったのか【クリスタルプレート】の魔《ま》法陣《ほうじん》を態々《わざわざ》出して確認している。網膜《もうまく》上で見られるのに、敢《あ》えて俺に分かるように魔法陣を出したのだ。一声掛けろという意思の表れだと判断できる。

「ん、本当だ……支《し》援《えん》魔法？　無詠唱？」

「黙って支援バフを掛けて脅《おど》かしてしまってごめん。無詠唱の事も暫くは内緒ね」

実はこの無詠唱、賢者《けんじゃ》クラスの者がやっと使えるような代物《しろもの》だ。種族レベル2の者が持っていていいスキルではない。それと、【マジックシールド】【プロテス】【シェル】は既存魔法だが、【マジックシールド】は聖属性の上位スキルなので所持者は殆《ほとん》どいない。

「ん、リューク様、支援バフありがとう。リューク様の事は私が守ってあげる」

「ありがとう、サリエ。でも、無理はしなくていいからね」

「ん！　大丈夫《だいじょうぶ》！　この辺のよわっちい魔獣なんかに負けないもん！」

サリエは名前を呼んでやるといつも嬉しそうに声が少し弾《はず》むようだ。

「じゃあ、どんどん行こうか」

第3章　侍女《じじょ》のサリエは凄《すご》くいい匂《にお》いがします

周辺のスライムを3匹《びき》狩ったらまたレベルが上がった。どうやら先ほど創った【獲得経験値増量】の効果が大きいようだ。初期のレベルは上がり易《やす》いが高レベルになるほどレベルは上がりにくくなる。今のうちにレベルアップ時の獲得率を上げておいた方がいいだろうと思い【獲得AP増量】【獲得HP増量】【獲得MP増量】をまず優先することにした。

創りたいスキルはまだ沢山《たくさん》有るのだが、MP量の少ない現状で創っても役に立たない。

今はレベルアップ時の増量効果を得るためにそっちを優先した方がいいだろう。

『ナビー、次はどっちに行ったらいい？』

『……そうですね、1kmほど離《はな》れたところにゴブリンの小さな群れがいます。サリエなら楽勝でしょうから、それを狩ると良いでしょう。人型の魔獣のオークならマスターにとってお得な戦闘《せんとう》系スキルを持っているかもしれません』

あいつらは、剣も魔法も使うんだったな。

「サリエ、次は1kmほど移動する。そこにゴブリン3頭、オーク2頭の群れがいる。どうやら狩りの為《ため》に巣から出てきているようだ」

「ん！　リューク様の探索スキル凄い！　これだとサクサク狩れて、すぐ安全圏《けん》までレベルアップできそう！」

「そうだね、既にレベル3だしね」

「ん？　スライム4匹で2レベルアップ？」

「まぁ、元がレベル1だからね。普通《ふつう》、街の外に狩りに行くのは貴族でも10歳の社交界デビュー後だから、ここまでポンポン直ぐは上がらないよね」

魔獣《まじゅう》を狩らなくても、普通に生活しているだけで少しは経験値が入りレベルは上がる。10歳なら余程《よほど》過保護に育てられない限り、レベル10以上あるのが一般《いっぱん》的だ。

「ん、それもそうか。リューク様、直ぐそこへ行こう」

オークがいる場所まで1kmの距離《きょり》だったが、林の中にもかかわらず10分ほどで到着する。レベルは初期化されているものの、ほどよく鍛《きた》えられた肉体は健在だ。俺は息切れ一つないが、サリエもまだかなり余裕《よゆう》がありそうだ。

この娘《こ》、間違いなく【身体強化】持ちだな。あとでサリエのスキル構成覗《のぞ》いてみよう。

「あいつら移動中だね。俺がゴブリンを倒すから、サリエはオークを頼《たの》めるかな？」

「ん、全部私がやるから、リューク様は後ろにいて」

「そんなに心配しなくても大丈夫だよ。パッシブ効果でゴブリンごときじゃ俺のシールドは壊《こわ》せないから」

「ん、でもまだ熟練度が低いって言ってた……」

「低くてもゴブリンじゃ壊せないから大丈夫だよ」

サリエの顔はまだ不安げだが、実戦での戦闘訓練も必要だと説得した。

「ん！　絶対無理はダメ！」

「分かった、約束する。それと、オークの肉が傷《いた》まないようにできるだけ綺麗《きれい》に狩《か》ってね」

「ん、勿論《もちろん》！　オークは私の大好物！」

どうやらサリエもオーク肉は好きなようだ。

ちなみにゴブリンの肉は臭《くさ》くて、どう料理しても不味《まず》いそうだ。

オークは身長190ｃｍほどもある人型の魔獣だ。見た目も豚《ぶた》８：人２って感じの風貌《ふうぼう》で豚耳、豚鼻で長い牙《きば》が下顎《したあご》から出ている。足は短く腹がでっぷりと出ているが筋肉質で相撲《すもう》取《と》りのような体型をしている。オークは最弱の部類の魔獣だが、一般人の男性が武器を持って３人ほど居ないと勝てないほどには強い。

ゴブリンは身長120ｃｍほどでサリエより少し低い程度の大きさだ。こちらは一般人でも武器を持っていれば勝てるほど弱い。スライムと同程度だが、たまにどこかで拾った剣や槍《やり》を持っている事が有るので、そこだけはスライムと違って注意がいる。

剣やナイフを持てば人間の子供でも脅威《きょうい》だからね。

サリエに指示をだし戦闘を開始したのだが、正直スライムと違ってかなり怖《こわ》い。スライムの時には感じなかった人型を相手にするという疑似《ぎじ》的殺人意識が出たためだ。

サリエは早々に2頭とも倒《たお》し、いつでも補助できるように俺のすぐ後ろで控《ひか》えている。

俺は2頭倒した時点で足がガクブルになってしまい、動きが極端《きょくたん》に悪くなってしまった。

今、相手をしているゴブリンの武器はただの木の棒だ。当たっても打撲《だぼく》程度にしかならない。シールドを掛けてある俺には直撃《ちょくげき》してもダメージはないだろう。サリエに任せてもいいのだが、もしサリエがいない時に暗殺者と対峙《たいじ》した場合に恐怖《きょうふ》で動けないじゃ話にならない。魔法は使わず、敢えて剣《けん》でゴブリンの相手をしている。

最後の1頭が、木の棒を大きく振《ふ》りかぶって殴《なぐ》りつけてきたが、剣で弾《はじ》き返す。強く弾いたためにゴブリンの体が後ろに仰《の》け反った。ノックバックというやつだ。大きなチャンスなのでそのできた隙《すき》で心臓に剣を突《つ》き入れる。

プギャー！　と大きく一声上げてゴブリンは息絶えた……やっぱ人型の魔獣を殺すのは抵抗《ていこう》が有るな。だが、この緊迫《きんぱく》した緊張感こそが正に異世界を実感させてくれる。

「ん！　凄い！　さっきまでレベル1だったのに、もうゴブリン程度なら余裕！」

「でも、サリエと比べたらまだまだだよ」
「ん、リューク様は殺生《せっしょう》が苦手？」
「そうだね。あまり好きじゃないけど……次からはもう少し上手《うま》く動けるだろうから、あまり心配しないでいいよ」
サリエが心配しないように素知らぬ顔をしているが、正直めっちゃ怖かった。
ナビーの予想通り、役立つスキルをいくつか奪《うば》えたようだ。
【隠密《おんみつ》】レベル３：気配を消す魔法　【忍足《しのびあし》】レベル２：足音を消しながら歩く技術
【気配察知】レベル４：周囲の気配を探《さぐ》れる　【嗅覚強化《きゅうかく》】レベル３：嗅覚が良くなる
【嗅覚鑑識《かんしき》】レベル３：匂いから体調や状態が判別できるようになる
【剣士】レベル２：剣の扱《あつか》いが上手くなる　【棒術士】レベル３：棒の扱いが上手くなる
『ナビー、【嗅覚強化】は聞かなくても解《わか》るのだが、【嗅覚鑑識】ってなんだ？』
『……さっきサリエが狩ったうちの１頭が上位種のオークナイトだったようですね。その個体が所持していたスキルなのですが、匂いを嗅《か》ぐことによってその嗅いだ成分から対象の体調や、状態、個人香《こう》などの分析《ぶんせき》ができるようです。鼻の良いオークならではの種族スキルですね。人族はあまり持っている人がいないレアスキルです』

『個人香ってのはなんだ？』

『……この世界では、指紋《しもん》のように各個人で匂いが全く違うのです。匂いはその人の心が滲《にじ》み出したものとも言われていて、善良な者ほど良い匂いがするそうです。逆に犯罪を重ねた醜悪《しゅうあく》な心を持った人は悪臭《あくしゅう》になるようです』

『俺の世界でも匂いは皆違《みなちが》うが、人の嗅覚で分かるレベルじゃなかったからなんか面白《おもしろ》いな。俺の世界にはなかったものだ。それと【剣士】レベル２ってあるけど、技術まで奪えるのか？　いくらなんでも触《さわ》ったこともない武器の扱いを習得できるって事じゃないよな？』

『……そのまさかのようですね。どうやら技術も敵から奪えるようです。扱ったことがなくても、技術をマスターにラーニングすることができ、ＡＰポイントを割《わ》り振ることで剣術のレベルを上げて剣の腕《うで》も上げられるみたいです』

『【殺生強奪《ごうだつ》】と【カスタマイズ】のコンビやばくないか？』

『……マスターが自分でそういうスキルを創《つく》ったのではないですか？　イメージどおりですよね？』

技術まで奪えることが分かり、人型であるオークがスキルを沢山所持しているということで、オーク中心に狩ることにした。

「ん、次の場所までどのくらい？」

「ここから２ｋｍほどの所にオークが６頭いる、ゴブリンも10頭ほどいるけど問題ないだろう」

「ん、そのくらいの数なら問題ない。でも、リューク様の探索《たんさく》スキルは本当に凄い」

「あはは、話は変わるけど、鼻をヒクヒクさせているオークを見ていたら『個人香』って言葉を思い出したのだけど、これってどんなものだっけ？　サリエって個人香について何か知っている？」

「ん、心の綺麗な人ほど良い匂いがするの。その人の得意属性にも影響《えいきょう》される。あとパッシブ特性が付与《ふよ》される匂いを持ってる人もいる」

「パッシブ特性ってなに？」

「ん、リラックス効果があったり、精神安定効果、睡眠《すいみん》導入効果、力上昇《じょうしょう》、集中力が高まったりするものもあるらしい」

「へー、それは良いね。俺はどんな匂いがするのかな」

自分の匂いを嗅いでみるがさっぱり分からない。

「ん、普通自分の匂いは分からない」

「そっか。自分の匂いって人からどう思われているか、凄く気になるよね……」

「ん！　じゃあ私が匂いを嗅いでどんなのか教えてあげる！」

頼んでないのに、サリエは俺の匂いを嗅ぎにきた。何故《なぜ》だか嬉《うれ》しそうにしている。

「ん！　凄く良い匂いがする！　エヘヘ、やっぱり思った通りリューク様は良い匂い！

こんなの嗅いでしまったら、自分の匂いも気になる……リューク様、あの……私はどんな匂《にお》いかな……？」

恥《は》じらいながらも自分の匂いを確認《かくにん》してくれと言ってきた。

それと、俺の匂いが凄《すご》く良い匂いで嬉しそうにしている。何故かなと思っていたらナビーが教えてくれた。

『……個人香の特性で、「良い匂い＝良い人」だからでしょう。サリエ的にマスターは昔と変わらず良い人なのがとても嬉しかったようですね』

年頃《としごろ》の女の子なら嗅いだり嗅がせたりは嫌《いや》がりそうなものなのに……勿論喜んで引き受けますよ！

『……マスター！　耳長族のエルフや小鬼族は、その特徴《とくちょう》的な長い耳から香《かお》り成分を放出する特性を持っています』

『耳！　了解《りょうかい》した！』

少し屈《かが》んで、サリエの長い耳をクンクンした。

そういえば、以前読んだラノベに、エルフの耳はほんのり甘いと書いてあった……本当だろうか？

クンクン……アムッ！

「んみゃ～！　やあん！　耳舐《な》めちゃダメ！」

「な⁉　凄く良い匂いがする！　なんだこれ⁉　それに耳、ほのかに甘い！」

「ん……もう……私、臭くなかった？」

どうやら耳長族の耳は、お約束的に性感帯の1つで凄く敏感《びんかん》なようだ。

サリエは耳を真っ赤にさせて感想を聞いてきた。

「全然臭くないよ！　むしろ爽《さわ》やかな香りだよ！　良い匂いだ！」

「ん、汗臭《あせくさ》くなくて良かった」

ものは試《ため》しと、サリエに【嗅覚鑑識】を使ってみた。
・樹脂《じゅし》系ティートリーの香り。フレッシュで清潔な感じの、やや鋭《するど》い匂い
・健康状態は倦怠感《けんたいかん》（小）・リラックス効果・疲労《ひろう》回復効果・睡眠導入効果
「サリエの個人香には、リラックス効果・疲労回復効果・睡眠導入効果があるみたいだよ。それと、サリエ、疲《つか》れが少し溜《た》まってない？」

「ん？　リューク様は匂いの鑑定ができるの？」

「これもまだ秘密にしてほしいけど【嗅覚鑑識】ってスキルを持っている。このスキルはまだレベル3だから詳《くわ》しくは解らないけど、サリエから倦怠感を感じる成分が検出されたんだ」

「ん、自分じゃいつも通りなので、分からない」

『ナビー、何か判《わか》るか？』

『……はい、どうやらサリエは自分の高い魔素《まそ》を上手く体内で循環《じゅんかん》させる事がまだできていないようですね。魔法科に通えばそういう訓練も行いますので解消されると思います』

「どうも、サリエは魔素の体内循環が上手くできていないようだね。そういう訓練はしなかったの？」

「ん、私を育ててくれた養父は凄い剣士なの。魔法の方は少ししか習ってないの」

「そっか、魔法科に通えばそういう練習もするみたいだから、倦怠感は解消されると思うよ」

ちなみにサリエの養父はカイン兄様や俺の剣術の師匠《ししょう》でもあり、フォレスト領の騎士《きし》に剣術指導している凄い人だ。どうやらこれまで師匠はサリエの事を俺たちには秘密にしていたようだ。さっきサリエに教えてもらうまで知らなかった。従者候補の事は選ばれるま

で秘密なのが王族の規則なのだそうだ。

「ん、自分が怠《だる》いの今までずっと気が付かなかった」

「生まれつきずっとだったら、それが普通《ふつう》だと思うよね……」

サリエは俺の匂いが気に入ったのか、何度もクンクンと嗅いでいる。

「ん！　凄く良い匂い！　アクアマリンの匂い？　水系の人に多い匂い。ずっと嗅いでいたい……」

自分の匂いは分からないが【嗅覚鑑識】はできるみたいなので調べてみた。
・特殊《とくしゅ》ハーブ系アクアマリンの香り
・スカッと爽やかな、正に海風のような透明感《とうめいかん》のある香り。健康状態は良好
・リラックス効果・疲労回復効果・睡眠導入効果・HP、MP回復量上昇《じょうしょう》効果
「自分にも【嗅覚鑑識】できるみたいだ。俺にもリラックス効果・疲労回復効果・睡眠導入効果・HP、MP回復量上昇効果があるみたいだね」

「ん！　凄い！　パッシブ効果持ちは20人に1人ぐらいって聞く。しかも普通は1つあればいい方」

「じゃあ、3つあるサリエも凄いんだね」

「ん、嬉しいけど、あまり他の人に匂いを嗅がれるのは嫌だから、意味ないかも」

「確かにそれはあるかも……自分の匂いを嗅がれるのって抵抗あるよね」

「ん、でもリューク様は良い匂い。ちょっとクセになりそう……クンクン」

サリエはそう言って、また俺の匂いを嗅いできた。

「もうすぐ着くよ、あっという間に着いちゃったね」

個人香を確認しようとじゃれあっているうちに到着《とうちゃく》したみたいだ。

「ん、作戦は？」

「基本オークはサリエに任すけど、近くにいる奴《やつ》から手当たり次第《しだい》に狩《か》っていいよ」

「ん、解った」

＊　＊　＊

ゴブリン10頭・オーク6頭の群れだったが3分ほどで倒《たお》し終えた。

まぁ、16頭のうち12頭狩ったのはサリエなんだけどね……。

「ん、オーク8頭も入れたら【亜《あ》空間倉庫】そろそろ一杯《いっぱい》？　私も15頭ほどなら入れられるよ？」

「【亜空間倉庫】の余裕《よゆう》はまだかなりあるから、今日一日狩りまくって、帰りにギルドに寄ってお肉にしてもらおう」

「ん、レベルがまだ低いのに一杯入るの凄い！　でも、リューク様、水・風・聖属性が主系統って聞いてた。亜空間倉庫は闇《やみ》系……」

聖属性に相反する闇系のモノは苦手属性になる。倉庫容量を疑っているのかな？

「その辺の事も皆《みんな》には秘密ね。ゴブリンの魔石の抜《ぬ》き取りだけして、昼食にしようか？」

「ん、分かった。色々おかしいけど……」

「おかしいとはどういう事？」

「ん、リューク様の事は事前に詳細《しようさい》な資料をもらって勉強してた。でも会ってみたら色々違ってる。それは凄くおかしい事……」

成程《なるほど》ね、公爵《こうしやく》家が侍女《じじよ》を付けるのだ。侍女が粗相《そそう》をしないようにあらかじめ主人になる人物の情報を教えて勉強させるのは当然だ。癖《くせ》や、好きなもの嫌《きら》いなものなどの情報も全《すべ》てサリエは覚えているはずだ。

「そうだね。特にスキルの情報が違っているからそう思うんでしょ？」

「ん、リューク様は最初生き返った時に初期化されて種族レベルも1になって魔法スキルも全て無くなったって言ってた。でもさっき【アクアボール】を使ってた。【マジックシールド】【プロテス】【シェル】も私のもらった資料に習得しているとは記載《きさい》されていなかった」

「サリエは俺が女神様《めがみさま》から1つ凄いスキルを貰《もら》ったっていう事は知っているよね？」

「ん、知ってる。そのスキルが関係しているの？」

「うん。そのスキルのおかげで色々とできるようになっているのだけど、今は秘密かな」

ゴブリンから魔石を取り出し、一先《ひとま》ずここで昼食にした。

「お！　このお弁当美味《おい》しいね。シェフさん結構気合い入れて作ってくれたみたいだね」

「ん、そのお弁当、私が作ったの」

「エッ！　これ、サリエが朝早く起きて作ったの？　凄く美味しいよ！」

父様は、サリエの事を戦闘《せんとう》以外でも優秀《ゆうしゅう》だと言っていたが、料理もめっちゃ上手だ！

「ん、喜んでもらえて嬉しい♪　あ、お口の横に何か付いてる……」

そういって俺の口元から何か摘《つ》まんで自分の口にパクッと入れて食べてしまった。

何この萌《も》え萌えなサリエちゃん！　可愛《かわい》過ぎるのですが！

これぞ異世界ライフ！　魔獣《まじゅうが》狩りでレベルを上げたり、可愛いメイドさんの手作り弁当！

アリア様、ありがとう！　異世界最高です！

甘々なお昼ご飯を終えて、次の戦闘前にステータスの確認を行っておく。

ポイントを寝《ね》かしておくのは勿体《もったい》ないからね。

「サリエ、御馳走《ごちそう》様でした。凄く美味しかったよ」

「ん、お粗末《そまつ》様でした」

今回レベルが3つ上がっている。新たに奪《うば》ったスキルも4つある。

【魔力感知】【聴覚強化《ちょうかく》】【俊足《しゅんそく》】【槍術士《そうじゅつ》】

レベルアップ時の獲得《かくとく》とダブりスキルのAP還元《かんげん》が8割増しで凄いことになっている。

ここで少しチートスキルを追加する。

【並列思考】長時間は不可能だが、少しの間多重思考ができる。

【多重詠唱《えいしょう》】【並列思考】と【無詠唱】を併用《へいよう》し一度に幾《いく》つも魔法発動が可能になる。

【高速思考】思考を加速し、魔法発動が瞬時《しゅんじ》に行えるようになる。

【ホーミング】魔法発動時にイメージした場所に追尾《ついび》してスキルが当たるようになる。

【自動拾得】ON・OFF可能で、対象が死亡したら自動で【インベントリ】に収納する。

これだけあれば最強魔術師になれるだろう。MPが少ない今は、まだこれらの熟練度を上げるのは意味がない。この後は【獲得経験値増量】のレベルを上げれば直《す》ぐに種族レベルも18まで回復できるはずだ。

【高速思考】と【並列思考】の効果で、ナビーと念話時にボーッとしているように見えていた時間も短縮できるので、変な間で怪《あや》しまれていたのも解消されるだろう。

経験値の増量もＭＡＸにした事だし、ここからは一気にいこうと思う。

『ナビー、どこか良い狩場《かりば》はないか？』

『……はい、オークのコロニーが周辺に２つ在りますね。１つはオークナイト率いる30頭の小さなコロニーと、もう１つはオークジェネラル率いる１２１頭の大きなコロニーができています』

『30頭というのは、全部で30頭って事かな？』

『……いえ、オークが30頭です。どちらのコロニーもゴブリンやコボルドは含《ふく》んでいません』

『そこに行っても、俺たちだけで狩れるか？』

『……まったく問題ないと思われます。30頭のコロニーに、オークプリーストが２頭いますので、何らかの魔法が奪えて手に入ると思います』

『よし、そこに行ってみよう』

その前にオリジナル魔法の追加かな。

【魔法消費量軽減】スキル発動時に使うＭＰを減らす事ができる。

【オートリバフ】あらかじめ決められた設定で魔法が切れる前に自動的にリバフできる。

オートリバフは念のためだ。うっかりでシールドが切れたら危険だしね。

忘れないうちに【プロテス】【シェル】【マジックシールド】の【オートリバフ】設定をした。今回は発動時間やダメージ吸収量が30％を割ったら再掛《さいが》けするようにしておく。

「サリエ、次の狩場だけど、オークナイトが率いるコロニーが３ｋｍほど離《はな》れたところにあるので、そこにしようと思う」

「ん！　コロニーは危険！　ダメ！」

「オークが30頭ほどで、ゴブリンが53、コボルドが13頭のゴブリン多めのコロニーだよ。オークプリーストが２頭いるけど、それ以外は雑魚《ざこ》だからサクッと狩ろうよ」

「ん！　半分はゴブリンでも、１００頭近くいるのは危険！」

「俺のシールドのレベルが上がって今は５０００ダメージ吸収してくれるし物理防御《ぼうぎょ》も魔法防御力も50％増しだから、多分ノーダメージで倒せるよ」

「ん？　吸収量５０００ってどういうこと⁉　そんなの聞いた事ない」

「女神様のスキルの恩恵《おんけい》なんだ」

「ん、色々リューク様はおかしい……」

「俺１人じゃ流石《さすが》に厳しいから、一緒《いっしょ》に来てくれるかな？」

「ん、本当ならギルドに報告して、シルバーランク以上の冒険《ぼうけん》者がパーティーで狩るレベル」

「解《わか》っているけど、サリエにもダメージがいかないようにちゃんとシールドのリバフは行うから信用してほしい」

今回サリエは俺を心配して中々同意してくれなかったが、何とか説得して許可を得た。

「ん、解った……でも、もしリューク様が怪我《けが》したら……私、一日で解雇《かいこ》。それは嫌《いや》」

「あはは、気を付けるよ」

＊　＊　＊

3kmの移動中に、ブルースライム4匹《ひき》、グリーンスライム4匹、ホーンラビット2匹が居たので、少し寄り道しながら向かったら移動距離《きょり》は5km近くになってしまった。

回り道してまで狩った理由なのだが、スキルとお肉獲得の為《ため》だ。予想どおり新たなスキルと、習得率の高いスライムから既存《きそん》スキルのレベルアップができた。APを消費してレベルを上げるより、今は奪えるなら奪いたい。

グリーンスライムからは風系の魔獣でいいスキルが奪えた。

ホーンラビットは角のある1mほどの大きな兎《うさぎ》で、穴掘《あなほ》りが上手《うま》く、城壁《じようへき》内にまで入ってきて作物を荒《あ》らす害獣だ。肉が美味しく毛皮もいい値で買ってくれるため、討伐《とうばつ》対象として人気のある魔獣なのだが、姿を見たら直ぐ逃《に》げるので、罠《わな》を仕掛《しか》けて狩るのが通例だ。

俺たちは【隠密《おんみつ》】と【忍足《しのびあし》】を駆使《くし》して近づき、俺が【アクアボール】を当てて動きを一瞬止めてる間にサリエが瞬殺する連係で狩ることができた。

「ん、罠で狩るのが当たり前の兎なのに、リューク様と連係すれば狩れる！　凄《すご》い！」

「良いのが狩れたね。ホーンラビットも凄く美味しいんだよね♪」

うちのシェフに連絡《れんらく》を入れて、今晩は一角兎の煮込《にこ》みシチューにしてもらうよう依頼《いらい》した。一角兎のシチュー煮込みはサリエも大好物のようで嬉《うれ》しそうだ。

【獲得AP増量】をMAXにしてから得られるAPが倍になったことで、かなりのポイントが得られるようになった。効率よくポイントを振《ふ》ってサクッと倒したい。

＊　＊　＊

現在コロニーの30m手前で周囲を窺《うかが》っているのだが、サリエが凄く緊張《きんちょう》している。

「サリエ、大丈夫《だいじょうぶ》か？」

「ん、一杯いる。これほど沢山《たくさん》の集団戦は初めて。ちょっと不安。リューク様は最初ゴブリンにすら躊躇《ちゅうちょ》していたのに、どうして平気なの？」

「平気ではないけど、今は自分のスキルに絶対の自信があるからね」

「ん、私も腕《うで》には自信がある。でもこの数はやはり怖《こわ》い」

サリエは不意に俺にくっついてきて、クンクンし始めた……。

「サリエ？　何で俺の匂《にお》いを嗅《か》いでいるの？」

「ん、良い匂い……落ち着く」

「ああ、そうか……個人香《こう》の効果だね？　2人ともリラックス効果があるからね。恐怖《きょうふ》や極度の緊張は動きが鈍《にぶ》るから、こういう使い方も有りだね」

お互《たが》い恥《は》ずかしながらもクンクンしあって、個人香効果を最大限に利用した。1分ほどで効果が現れ緊張がほぐれる。雑魚とはいえ100頭相手に挑《いど》むのだ。ドキドキしながらサリエと作戦を練った。

サリエと離れたところから巣の方を窺っているのだが、どれがプリーストなのかが判《わか》らない。巣は崖《がけ》の下を10mほど掘《ほ》って雨風を凌《しの》げるようにした簡易なものだが、結構な大きさがある。どうも弓兵《アーチャー》もいるようだ。飛び道具は厄介《やっかい》なので先に潰《つぶ》す必要がある。

失敗したな、先に【周辺探索《たんさく》】と連携できている【詳細鑑識《しょうさいかんしき》】のレベルを上げておくのだった。そうすればどいつがプリーストかアーチャーか判別できたのに。APポイントがもう無いので振ることができない。安全を考えて出直すかな……。

『……マスター、今回はナビーが補助してあげます。MAPに★でマーキングした2頭がプリーストです。そして☆でマーキングした奴《やつ》がアーチャーです』

『ナビーありがとう！　助かる』

「サリエ、今から俺の秘密を1つ見せるけど、これも内緒《ないしょ》だよ」

「ん、他言無用」

俺は【エアロカッター】を【多重詠唱】で10個発動した。

熟練レベル1の【多重詠唱】は10個が最大数のようだが、今は総MP量が少ないのでこのぐらいで丁度いい。熟練レベルを10にすれば最大で100個まで同時発動できるようになるみたいだ。

俺の周りを濃密《のうみつ》な空気の塊《かたまり》が、ゆっくり10個、衛星のように待機状態で回っている。

「ん！　多重詠唱！　しかも10個も！　こんなの見たことない！　凄い！」

「こいつでプリーストとアーチャーを先に倒《たお》すから、その後にサリエは攻撃《こうげき》に参加してくれればいい。残念ながらまだ俺のレベルが低いので、MP量があまりないからそんなに連《れん》弾《だん》できないんだ。俺も遠距離《えんきより》系が居なくなったら剣《けん》で参加するから、それまでサリエはここで俺の護衛ね」

「ん、解った。近づいてきた敵は私が倒す」

「少しは俺にも残しておいてね。全部倒されたら俺の練習にならないから」

2頭いるプリーストに、念のため5発ずつ放つことにする。

「じゃあ、始めるね」

【エアロカッター】各2発でプリーストは倒せた。余った6発は2発ずつアーチャーに放ち倒していく。撃《う》って減った分は順次追加発動しているので、常に10個の魔法《まほう》が俺を中心にゆっくり衛星軌道《きどう》のように周回している。我ながらこのオリジナル魔法は超《ちょう》カッコいい！　アーチャーが居なくなった時点でサリエにGOを掛《か》ける。

「ん！　行く！　リューク様、怪我しないように注意してね！」

サリエはこっちに向かってくる奴から順番に屠《ほふ》っていっている。

サリエの剣の腕前《うでまえ》は本物だ……どんどん数を減らしていっている。

俺の方は初級魔法だと上位種のオークには2発撃たないと倒せないが、普通《ふつう》のオークは1発で倒せている。上位種の方も1発撃って放《ほう》っておけば出血死で倒せるのだが、万が一も有り得るので、確実に2発撃って屠っておく。

俺のMPが100を切った時点で魔法は控《ひか》え、残りは剣で順次サリエと倒していく。

「サリエ、体力はまだ大丈夫か⁉」

「ん！　問題ない！　思ったより余裕《よゆう》！　リューク様との戦闘《せんとう》、凄く楽しい♪」

なんかサリエは楽しむ余裕があるようだけど、俺はいくら人を襲《おそ》う魔獣とはいえ、殺生《せっしょう》はどうも苦手だ。

それから15分ほどして全部狩《か》り終えた。

サリエは疲《つか》れて座り込んでいる俺に【クリーン】の魔法を掛けてくれた後、膝《ひざ》の上に座ってきた。まるで子供を抱《だ》っこしたような感じになっている……どうやら個人香効果で気分転換《てんかん》してくれる気のようだ。俺をよく見ていて、気遣《きづか》いのできる優《やさ》しい娘《こ》だ。

「ありがとうサリエ。凄く癒《い》やされる」

「ん、リューク様に抱っこされるのは嬉しい……リューク様、さっき凄くかっこ良かった」

「あはは、サリエの半分も倒せてないけどね。でも気遣ってくれてありがとう。お互いに良い個人香効果が有って良かったね。落ち着き過ぎて眠《ねむ》くなる前に、後片付けをしよう」

「ん、分かった」

魔獣から魔石を抜《ぬ》き取り、ゾンビ化しないように不要な魔獣は火葬《かそう》にする。

狩った数も多いし、報告もかねてこれからギルドに向かうことにした。サリエが言うには、上位種のナイトやプリーストのお肉はとても美味《おい》しいそうで、直《す》ぐにギルドでお肉にしてもらって食べたいのだそうだ。

ギルドに向かう前にステータス確認《かくにん》だ。【高速思考】と【並列思考】が有るので、サリエに待ってくれと声を掛けなくても今はもうそれほど時間はかからなくなっている。

種族レベルが一気に8も上がって、AP量が凄いことになっていた。新たに奪《うば》ったスキルも結構あった。特に生活魔法の【ライト】と【クリーン】は有用だ。それに今回の戦闘で種族レベルが20を超《こ》えたので、中級魔法が解放され、戦闘もかなり楽になるだろう。

APも余っているので新たに魔法を創《つく》っておく。

サリエに関して気になる事が有るので、ちょっと体を調べる魔法を考えてみた。

【魔力操作】魔力の扱《あつか》いが上手くなり、魔法発動時の精度や威力《いりょく》が上がる。
【ボディースキャン】魔力をX線のように流し、体を調べる。
【アクアフロー】水系のオリジナル治療《ちりょう》魔法。フローは手当てという意味がある。
【細胞治療《さいぼう》】【アクアフロー】と併用《へいよう》すると、細胞レベルの回復治療が可能になる。

これらの魔法を、生まれつき足の悪い妹のナナや体調が良くないセシア母様に使ってみるのも有りかもしれない。セシア母様は熱も有って辛《つら》そうなので、できるだけ早く行って一度診《み》てあげよう。

暗殺者を捕《と》らえる拘束《こうそく》魔法も考えてみた。

【魔糸】魔力の糸を出して、【魔力操作】で操《あやつ》ることができ、MPドレインができる。

【魔枷《まかせ》】魔力で作った枷で拘束すると、魔力を乱して魔法発動ができなくなる。

【テレポ】一度行ってマーキングした場所に転移できるようになる。


種族レベルが20になると色々な恩恵を得られる『ジョブ』を選べるようになるのだが、これを得るためには神殿《しんでん》に行く必要があるようだ。【剣士】を選べば剣術の習得が早くなるし、それに伴《ともな》った能力が上がりやすくなったりする。俺たちは【魔術師】とかを選択《せんたく》すればMP量が増え、知力が上がったりして威力も増したりする効果が得られるので、自分に合ったジョブを選ぼうと思っている。

＊　＊　＊

街道を使って帰宅中なのだが、後ろから付いてくるサリエの視線を感じる。

「サリエ、何か聞きたいのだろう?」

「ん、でも教えてくれないのでしょ?」

「う～ん、さっきの火魔法の事?」

「ん、そう。主属性が水系の人は反属性の火は苦手なはず。でもさっき魔獣の処理に中級魔法の高レベルを使った。とっても凄い事」

「あ〜、反属性の魔法だと、精々初級魔法が使えれば良いぐらいだからね」

それ以上語らなかったけど、サリエの方から問いただすような事は無かった。

「ん、今日凄く楽しかった。私のこれまでの人生分、今日一日で喋《しゃべ》ったかも」

「父様から無口な子だとは聞いていたけど……それほどとは」


今の俺に遺伝的主属性とかいうのは関係ない。奪ったスキルに【カスタマイズ】でAPを振る事によって全属性の魔法を覚えられるからだ。最初の基礎《きそ》となる初級魔法さえ手に入れればいいのだ。聖属性や闇《やみ》属性のようにレアなスキルは、手に入らなければ似たようなものを創ればいい。

「ところで、コロニーがもう1つあるんだけどどうする？　もう目的のレベルになったし、もう1か所の方はジェネラルがいて結構大きなコロニーなんだよね」

「ん？　ジェネラル⁉　凄《すご》く美味しいってお義父様《とうさま》が言ってた！」

「そっちかよ！」

「ん、リューク様はどうしたいの？」

「今日一日でレベル21に上がったし、はっきり言ってもうサリエより強いしね。どっちでもいいかな。狩るとしても明日だね」

「ん⁉　私より強い？」

「嘘《うそ》だと思う？」

「ん……レベル21で私より強い……サリエなら全《すべ》て話してもいい気がする。

どうしようかな……。

「夕飯の後、少しゆっくり話をしようか」

入門前に俺に敵意を向ける奴が近くにいないかMAPで確認する。

俺なら間違《まちが》いなく門の入り口で待ち伏《ぶ》せするのだが、地図上に反応はない。

「うーん、入り口で待ち伏せがあると思っていたのにいないな……」

「ん！　そんなことまで判るの⁉」

「うん、凄いだろ？　俺の探索《たんさく》魔法はダンジョンでも凄いぞ。罠《わな》や宝箱の位置まで詳細《しょうさい》に調べられるし、隠《かく》し部屋なんかも簡単に発見できる」

「ん！　夏休みにリューク様とダンジョン行きたい！　楽しそう！」

「そうだね。考えておくよ」

俺も凄く行きたいが、流石《さすが》にダンジョン攻略《こうりゃく》する時間は俺にはないだろう。

今は身近にいる美少女たちとハーレムライフを楽しむとしよう。

第4章　サリエと一緒《いっしょ》にお風呂《ふろ》に入りました

　サリエと家に戻《もど》ったのだが、ラエルの使いの騎士《きし》が玄関先《げんかんさき》で待機していた。

　どうやらうちの使用人に中に入れてもらえなかったようだ。

「リューク様お帰りなさいませ。ラエル様に仕える騎士パイルと申します」

「ただいま。誰《だれ》であろうと館《やかた》の中に入れるなと言ってあったので不便を掛けたようだね」

「はぁ、中で待たせてほしいと言ったのですが、拒否《きょひ》されてしまいました」

「毒殺やどんな罠を仕掛《しか》けられるか判《わか》らないからね。精神系の魔法を掛けられている者もいるかもしれないので、あなたがどうこうではなく、全て疑ってかかった方が良いのだよ」

「成程《なるほど》、了承《りょうしょう》しました」

「で、どのような用件だ？」

「いえ、リューク様と連絡《れんらく》が取れないので、帰ってきたら知らせてほしいとラエル様が私に命令されましたもので……」

「ああ、成程。実は今現在全ての連絡を断《た》っている。フィアンセのフィリアや妹からもコールが何度もあったのだが出ていない」

「え？　それはどうしてでしょう？」

「誰が、どういう目的で俺を狙《ねら》ったのかが分かっていないのだよ？　事件が片付くまでは誰も近づけない方が良いでしょ？　俺のせいで巻き込まれる可能性もあるしね」

「そういう事でしたか……」

「ラエルにもそう伝えてもらえるかな？　どんなスキル持ちがいるか判らないので、慎《しん》重《ちょう》を期して行動するので、連絡してきても基本出ないし、訪ねてきても出て行かないと伝えておいて。あなたとも今回限りで、以降は訪ねてきても会わないので理解してほしい」

「随分《ずいぶん》慎重なのですね」

「ん！　そんなの当たり前！　一度リューク様は本当に殺された！　慎重にならない方がおかしい！　今の発言はリューク様に失礼！」

「そうでした！　申し訳ありません！　軽はずみな発言をお許しください」

この者に殺意や攻撃《こうげき》的悪意がある事は、ＭＡＰから窺《うかが》えない。本当にただの伝言を頼《たの》まれた使い走りのようだ。その彼の理解も得たので、早々にお帰り頂く。

無口なサリエが、俺のために怒《おこ》って一生懸命《いっしょうけんめい》言ってくれた事が凄く嬉《うれ》しかった。

とりあえず、シェフに兎《うさぎ》を渡《わた》さないとね……夕飯が凄く楽しみだ。

「遅《おそ》くなったね。今からでも夕飯に間に合うかな？」

「はい、大丈夫《だいじょうぶ》ですよ。兎の肉はオークと違って新鮮《しんせん》な方が美味しいですからね」

「実はオークナイトとオークプリーストを今日狩って、今ギルドでお肉にしてもらっている。明日の昼には受け取れるらしいから、学園に行く前に美味しく料理してくれるかな？　余るだろうからここにいる使用人たちの夕食にも出してあげるといい」

「それは楽しみですね！　はい！　腕《うで》によりをかけて調理させていただきます！」

「兎は2匹《ひき》狩ってきたから、使用人の夕食にも出してあげて」

「お気遣いありがとうございます。侍女《じじょ》や騎士様たちもきっと喜ばれる事でしょう」

＊　＊　＊

後はシェフに任せ、自室でくつろぐ。15kmほど移動して戦闘《せんとう》までしているのだ。かなり疲《つか》れている。

「ん、リューク様、直ぐお風呂《ふろ》の準備をするね。お風呂の後に夕飯でいい？」

「うん、それでいいよ。今日は流石に疲れたね。サリエは疲れてない？」

「ん、少し疲れた。でも大丈夫」

サリエの身長は130cmほどしかない。歩幅《ほはば》でいえば俺の倍近く足を動かす必要がある。疲れていないはずがないのだ。

戦闘でも敏捷性《びんしょう》を生かすためかなり動いていた……辛《つら》いのを我慢《がまん》しているはずだ。

「ん、リューク様、お風呂の準備ができた」

「じゃあ直《す》ぐ行こうかな」

俺は昨日のように1人で入るからこなくていいと言って、さっさとお風呂に入っていた。

ところが、サリエは湯着も着ないで胸を隠してお風呂に入ってきた。

「サリエ！　流石に裸《はだか》はまずいよ！　それにそんなに耳を真っ赤にさせて、恥《は》ずかしいのだろ？」

「ん……凄く恥ずかしいけど、一緒に入れば護衛もできるし、脱衣《だつい》所でリューク様を待たせる事もなくなる」

どうも昨日脱衣所で俺を待たせてしまった事が凄く嫌《いや》だったようだ……侍女の矜持《きょうじ》だろうか？　サリエなりのこだわりがあるみたいだ。

凄く恥ずかしいのだろう。耳は真っ赤になってピンと立っている。透《す》けるような白い肌《はだ》もほんのりピンク色に色づいていて、幼児体型なのについドキッとしてしまった。

「確かに護衛もできるからゆっくり一緒に入れるけど……良いのか？」

「ん、リューク様なら見られてもいい……」

参ったな……ハーレム万歳な俺だけど、実際こうやって入ってこられるとちょっと照れくさい。いくら幼児体型とはいえ、もう直ぐ16歳の少女なので、小さくてもちゃんと胸の膨《ふく》らみは有るのだ。

『……マスター、サリエが可愛《かわい》すぎます！　どうやら、今日一日マスターと行動を共にして、もうマスターにメロメロなようです。恥ずかしさより、マスターと少しでも一緒に居たいというのが、今の彼女の本心ですね』

『たった一日で!?』

『……元々狂犬《きょうけん》から守ってもらった時から、王子様的な憧《あこが》れを抱《いだ》いていたのです。その王子様に仕えたい一心で色々辛い修業《しゅぎょう》にも人の何倍も頑張《がんば》ってこられたという理由になっています』

『成程ね～。どうしたらいいと思う？』

『……マスターの素直《すなお》な気持ちで良いのではないでしょうか。サリエは今日一日で再燃した自分の感情に従い、恥ずかしさより一緒に居たいという自分を素直に受け入れ、今、目の前で裸になって向き合っているのです』

『……一日中、「凄い！　凄い！」と言っていましたよね？「リューク様はやっぱり凄くて私の王子様だった！」というのがサリエの今の想《おも》いです』

それ、子供時分の淡《あわ》い恋心《こいごころ》だよな。そういうのを聞くと、サリエって乙女《おとめ》チックで可愛いな。

『再燃した感情？』

「ん！　リューク様、髪《かみ》を洗ってあげる！」

さっきまで両手で胸を隠していたのだが、今は俺の髪を洗っているので目の前でサリエの可愛いチッパイが髪をワシャワシャする度《たび》に僅《わず》かに揺《ゆ》れている。至近距離《きょり》なのでどうしても視界に入り、目のやり場に困ってしまう。小さくてもサリエの胸は魅力《みりょく》的だ……魅惑《みわく》のチッパイだ！

「ん！　リューク様、あまり見ないで……やっぱり凄く恥ずかしい……」

「ごめん……でも、ここまで甲斐甲斐《かいがい》しくしてくれるサリエには、お風呂を出た後に俺のスキルの事を話すね」

「ん、いいの？　女神様《めがみさま》の秘密で言えないのでしょ？」

「恥ずかしいのを我慢してここまでしてくれたんだ。サリエが絶対誰にも言わないなら、サリエにだけ教えてあげるよ」

「ん！　絶対言わない！」

「それと、お風呂を出た後で俺の魔法《まほう》を試《ため》させてもらっていいか？」

「ん、リューク様のオリジナル魔法？　凄く興味がある。うん、いいよ」

泡《あわ》を流してもらい、さっぱりする。

「ん、気持ち良かった？」

「ああ、とっても気持ち良かったよ。人に髪を洗ってもらうのは凄く気持ち良いからね」

「ん？　そうなの？　私もリューク様に洗ってもらいたいかも……でも侍女が主人に洗ってもらう事は無いし……」

なにやら小声でブツブツ言っているが、【身体強化】で聴覚《ちょうかく》が引き上げられている俺には丸聞こえだ。内心俺に洗ってほしいようだが、侍女として言い出せないようだ。

「さぁ、今度はサリエの番だよ」

「ん⁉　でも……」

躊躇《ためら》うサリエの髪を優《やさ》しく洗ってあげ、今度はお互《たが》いの背中を洗いっこする。見た目10歳児にドキドキする事は無いが、色白でスベスベの女の子の柔肌《やわはだ》はやっぱ気持ち良い。

今日はサリエとゆっくり湯船に一緒に浸《つ》かってからお風呂を出た。

使用人の為《ため》に、出る時に少し熱めになるように、備え付けの魔道具ではなく、覚えたての火魔法で湯船を温めておいてあげる。


自室でサリエの髪を今日も乾《かわ》かす……サリエの顔を拝める唯一《ゆいいつ》の時間だ。

最初は『侍女が主人にこんなこと！』とか言っていたが、優しく櫛《くし》が通る度に目を細めて気持ちよさそうにするサリエは、やはり妖精《ようせい》のように可愛い顔をしている。フム、これは俺の日課にしたいな。


髪を乾かし終え、いよいよここからが今回の目的だ。

「サリエ、お昼にサリエの匂《にお》いに倦怠感《けんたいかん》を及《およ》ぼす匂いを検出したって言ったの覚えてる？」

「ん、覚えてる」

「実はその事で試したいスキルが有るんだ。そのスキルで、ナナの足の事とセシア母様の体調の原因とかも調べられるかもしれない。でも、この2人の事は、実績がない事には言うのもね。期待させといて分かりませんでしたじゃ、気の毒過ぎる。だからまずサリエに使って調べてみたいんだ……」

「ん、体を調べるスキルの被験体《ひけんたい》？　ナナ様とセシア様の為にもなるの？」

『……マスター、【ボディースキャン】という魔法ですが、スキャンを掛《か》ける時には裸じゃないと上手《うま》くスキャニングができないようですよ？』

『マジか……じゃあナナとセシア母様にも裸になってもらう必要があるのか……』

「女神様からのスキルだから多分うまくいくと思うのだけど、一度も使ったことがないから、俺も正直ちゃんとできるか判《わか》らないんだ。サリエには申し訳ないけど協力してくれないかな？　勿論《もちろん》危険なスキルじゃないよ。ただ、魔法を使うために申し訳ないのだけど裸になってもらわないといけないんだ……」

「ん……恥ずかしいけどナナ様やセシア様の為になるなら協力する」

サリエは恥ずかしそうにメイド服を脱《ぬ》いで、椅子に腰掛けてくれた。

「ありがとうサリエ。【ボディースキャン】、この魔法は、魔力を流して体の異常箇所を調べる魔法なんだ。だから服を脱がないと上手く調べられないという欠点がある」

詠唱《えいしょう》とともに、目の前に魔《ま》法陣《ほうじん》が現れ、そこに人型模型が映し出される。

「ん！　何それ！　見たことも聞いたこともないスキル！」

「俺のオリジナル魔法だよ。どれどれ……サリエ、やっぱ大分疲れているじゃないか」

サリエはオリジナル魔法と聞いて、裸なのも忘れて興味津々《きょうみしんしん》だ。

「ん、実はかなり疲れてる。それよりオリジナル魔法とか凄《すご》い！」

「サリエ、成長の事と倦怠感の原因が判ったよ」

・エルフと小鬼族の混血の弊害《へいがい》
・エルフの血で魔力が高いのに魔素を上手く体内循環《じゅんかん》できていない
・サリエの心的不穏《ふおん》
「一番の要因は成長が20歳前後で止まるエルフと、子供のような容姿をしたままの小鬼族の種族特性が重複し合って、成長そのものが遅くなっているためだね。魔力循環ができてないのも大きな原因みたいだ。成長に関しては、種族的なものだから心配ないね」

「ん、私はもう成長できないの？」

「いや、今からそれを改善する。でも、小鬼族の血の影響《えいきょう》がどこまで出るか分からないので、見た目が何歳程度まで成長するのかは正直に言うと不明だね。でも、サリエは凄く可愛いから俺はそのままでも良いと思うけどね」

「ん、こんな幼い容姿でもリューク様は嫌がらない？」

「嫌がるどころか大歓迎《だいかんげい》だよ。今のサリエ、凄く可愛いよ」

「ん、ならこのままでも別に良《い》い」

なんだかちょっと嬉《うれ》しそうだな。

「そうだ……サリエにも治療《ちりょう》のやり方を覚えてほしい」

「ん？　私はそんなスキル持ってない」

「その事は後でまた詳《くわ》しく説明する。今は俺のやっている事を見て、なんとなくで良いからやり方を覚えてくれればいい」

俺は目の前に浮《う》かび上がっている魔法陣の人型模型に出ている異常個所の説明をしながら、サリエに処置を施《ほどこ》していく。

「この黒くなっている部分は、魔素が上手く流れていないところだ。ピンクの場所は軽度の筋肉痛だね。こうやって色のついた場所をクリックすれば異常原因を表記してくれるからそれを解消するイメージを流し込みながらマッサージするんだ。【アクアフロー】、フローは手当てって意味がある。まず魔素を流れ易《やす》くするために心臓に魔力を通す。そして頭、丹田《たんでん》、足の裏の順が理想だ。心臓に魔力を通す時に少し左胸を触《さわ》るが気にするな。治療の為だ」

サリエは胸を触られ耳が真っ赤になっているが我慢《がまん》してくれている。

「ある程度こうやって魔力の流れを作ったら俯《うつむ》けになってもらって、揉《も》み解《ほぐ》すようにヒールを体に練り込むんだ。筋肉痛や魔素の停滞《ていたい》を解消できる」

「ん！　リューク様気持ちいい！　何これ！　あんっ♡」

サリエちゃん……色っぽい声は止《や》めてほしい……。

余程《よほど》疲《つか》れが溜《た》まっていたのだろう。凄く幸せそうな蕩《とろ》けきった顔をしている。

「魔法陣の人型の表示に、色のついた部分が無くなれば処置完了《かんりょう》だ。どうだ、サリエ？」

「ん！　凄い！　体が軽くなった！　リューク様が倦怠感って言っていたのが今なら解《わか》る！　リューク様神様神様みたい！」

「神様はオーバーだろ？　でも、そんなに違《ちが》っているのか？」

「ん！　全然違う！　凄く体が楽なの！」

「それは良かった。少なくとも後5日はこの処置を続けるからね。ちゃんと効果があるならナナにも試せるかな」

「ん、凄い効果。胸を見られるのは恥ずかしいけど……」

「あはは、それは良かった。でも、もう処置は終えたから服は着ようか」

サリエは思い出したように耳を真っ赤にして、いそいそと恥ずかしそうに服を着ていた。

さて、ここからがサリエが一番気になっているだろう本題だ。

「で、俺が女神様からもらったスキルは実は1つだけなんだ」

「ん？　でもリューク様、私の知らないスキルを沢山《たくさん》使ってた……」

「生き返る時に、女神様は何でも1つあげるって言ってくれたので、色々考えてもらったものは【魔法創造】。つまりオリジナル魔法を創《つく》る魔法なんだ」

サリエは、オリジナル魔法を俺のイメージでいとも簡単に創れる事が理解できなかった。

丁寧《ていねい》に最初から説明してあげたら凄く驚《おどろ》いていた。

「俺のレベルが上がるのが異常に速くてサリエ怪《あや》しんでいただろ？　実は【獲得《かくとく》経験値増量】とか創っちゃったんだよ。これだけで、人の２倍も経験値がもらえるようになる」

「ん！　２倍！　凄い！　リューク様いいな〜」

「俺がパーティーリーダーの時はサリエも２倍になるよ」

「ん！　ホント⁉　凄い！」

サリエにマッサージ治療の流れを覚えるように言ったのには訳がある。

凄い凄いとはしゃぐ可愛《かわい》いサリエを見ていたら、あるヤバイ発想が生まれたのだ。

ダメもとで早速《さっそく》イメージしてみた。

【コネクション】同意のもと、相手のステータスに関与《かんよ》できるようパスを繋《つな》ぐ。

【スキルコピー】【コネクション】でパスを繋いだ相手と、スキルの譲渡《じょうと》ができる。

できちゃったよ……創主様、マジで良いの？

『……マスター、【スキルコピー】ですが、少し制限があるようです。上級スキルやレアスキルはコピー回数に制限数が設けてあるようですね』

『コピーに回数制限があるのか……与《あた》える相手は慎重《しんちょう》に選ばないといけないな』

もう1つ創っておく。

【エアーコンディショナー】火、水、風、闇、聖の5種属性を使った併用魔法。

空気の膜を体表面に覆って、温度調整ができる。夏は涼しく冬は暖かで快適だね。

問題はどこまでサリエに与えるかだ。

「サリエ、今【スキルコピー】というオリジナル魔法を創った。サリエにいくつかコピーしてあげようと思う」

【コネクション】でサリエと繋がり【インベントリ】【ボディースキャン】【アクアフロー】【魔力操作】【魔力感知】【アクアヒール】【アクアキュアー】【エアロカッター】【サンダースピア】【マジックシールド】【プロテス】【シェル】【魔法消費量軽減】【無詠唱】【ホーミング】【オートリバフ】をコピーしてあげた。

俺のステータスもサリエに見せてあげる。

「サリエ、俺がサリエより強いって言った意味、これで分かっただろ？」

「ん！　リューク様凄い！　絶対敵《かな》わない！　神様みたい！」

サリエの中では王子様から神様に昇格《しょうかく》したようだ……俺を見る目がキラキラしている。

「サリエに与えたスキルでヤバイものがいくつかある。まず【インベントリ】これは【亜《あ》空間倉庫】の進化形と思ってくれればいい。容量無制限だし時間経過がない。皆《みんな》にバレたらいい運び屋にされる。【亜空間倉庫】もそのまま使用できるから、人前でバレないように上手く使い分けるといい」

「ん、時間が経《た》たないのって凄い事！　しかも無制限……」

「それと【無詠唱】と【ホーミング】、無詠唱は言わなくても分かるね？　【ホーミング】は魔法を撃《う》ち出す前にイメージした場所に自動追尾《ついび》して敵が動いても必ずそこに当たるというものだ。【魔法消費量軽減】、これはレベル10で消費MPが半分になっている。これまでの倍、魔法が使えるって事だ。後は、中級の回復と解毒《げどく》魔法もヒーラーじゃないサリエが持っていると怪しまれるから非常時以外使わないこと」

「ん？　回復魔法まで私が使えるの？　凄い……」

「後は、【身体強化】や【忍足《しのびあし》】なんかもサリエが元から習得していたやつは全《すべ》て上限まで熟練度レベルを上げておいたから、急に体のスペックが異常に上がっているはずなので、明日実際に動いて体に慣らさないといけないね」

「ん、いいの？　これホントにもらっていいの？」

「ああ、いいよ。あっ、もう1つヤバイのあった。【マジックシールド】、これもレベル10にしたから最大1万までダメージ吸収してくれる。1万もあればS級魔獣《まじゅう》でも相手にできる。これもバレるとヤバイけど、戦闘《せんとう》時は必ず使う事。死んでしまったら意味ないからね。

【オートリバフ】をちゃんと設定しておけばまず死ぬことは無くなるから、これも忘れず設定しておくこと」

「ん、リュータ様本当に神様みたい……凄い魔法を一杯《いっぱい》ありがとう！」

「どういたしまして。というわけで、俺がさっきやったみたいに【アクアフロー】を使ってマッサージをしてくれるかい？　今日は俺もかなり疲《つか》れたんだ」

「ん！　やってみる！」

俺の体に病気などの異常はなかった。筋肉痛と魔素停滞が有ったので治療してもらう。

「それにしても本当にサリエは生活魔法しか持っていなかったんだね。サリエに【魔力操作】【魔力感知】を与えたから、倦怠感《けんたいかん》も今後改善されると思う。学園に通えばこの２つがあると魔法習得も早いだろうしね。多分明日の朝はスッキリ目覚められる筈《はず》だよ」

「ん、嬉しい♪」

「うわー！　何だこれ！　凄く気持ちいい♡」

「ん、私も凄く気持ち良かった。エイッ！」

マッサージ店に行った事も何度か有るけど、ヒールを練りこむこの指圧は、専門のマッサージ店より遥《はる》かに気持ち良い。

「これ病《や》み付きになりそうだね。気持ち良すぎて鳥肌《とりはだ》が立っているよ」

30分ほどのマッサージで色のついた場所も全てクリアになった。

「サリエありがとう、凄く楽になった」

「ん、毎日してあげる！　リューク様1つ聞いていい？」

「なんだい？」

「ん、ゼノ様にも秘密なのにどうして私に女神様《めがみさま》の秘密を教えてくれる気になったの？」

「そうだね。今日コロニーを落とした時、殺生《せっしょう》が苦手な俺は実はちょっと気分が良くなかったんだ。俺の状態をちゃんと観察して、自分から抱《だ》っこさせてくれて、個人香効果《こう》がある匂《にお》いも嗅《か》がせてくれただろ。サリエなら今後も良いパートナーになれると思ったんだ」

「ん、恥《は》ずかしかったけど、そう言ってもらえると嬉しい」

「サリエ、尽《つ》くしてくれてありがとう。明日はどうしようか？　問題はジェネラルだよね」

「ん、倒《たお》さないならギルドに報告しないといけない。でもジェネラルのお肉美味《おい》しいらしいから食べてみたい」

「じゃあ午前中に狩《か》りに行こうか？　お互《たが》い急に上がった技能系の慣らしにもなるしね」

「ん、行きたい！　リューク様との狩り、凄《すご》く楽しい♪」

狩猟《しゅりょう》民族の血が騒《さわ》ぐのか、本当に楽しそうだ。

「ところで、サリエはどうしてレベルが20を超《こ》えているのにジョブを取ってないんだ？」

「ん、リューク様に選んでもらおうと思って、まだ取ってない」

どうやら主従になる俺に選んでほしくてまだ選択《せんたく》していないみたいだ。

少しでも俺の理想に添《そ》うようにしたかったのだろう……実に健気《けなげ》で可愛い。

「サリエの種族はハーフエルフだから、ステータスを見る限り魔術を伸《の》ばした方がいいと思うけど、寿命《じゅみょう》の長さを考えたらどっちもこなせる【魔法剣士《けんし》】とかが一番良いのかもしれないね。セカンドジョブに【魔術師】とかが良いかな」

「ん！【魔法剣士】かっこいい！　ジョブそれにしてもいい？」

「サリエの一生に係わる事だから、自分で決めて良いんだよ」

「ん、じゃあ魔法剣士になる！　もっと強くなってリューク様の役に立ちたいの」

嬉《うれ》しい事をさらっと言ってくれる……サリエちゃん、俺を萌《も》え死にさせる気か？

「明日は午前中にコロニー討伐《とうばつ》をして、午後から神殿《しんでん》に行ってジョブに就《つ》こうか。俺もファーストジョブは【魔法剣士】にするよ。神殿に行ったついでに教会にお肉の寄付もできるしね」

「ん、リューク様と同じジョブ嬉しい！」

「今回は、危険だからコロニーはダメって言わないんだね？」

「ん、【マジックシールド】があるから怪我《けが》する要因が全くない」

「それもそうか……」

　そうこうしているうちに夕食ができたと給仕が呼びに来た。サリエには今日から必ず一緒《いっしょ》に食事をするように言ってある。だって1人での食事は寂《さび》しいんだもん。

「うわ、美味しいね。凄く柔《やわ》らかく煮《に》込んである」

「ん、美味しい！　今まで食べた中で一番美味しいシチューかも！」

「そう言ってもらえると嬉しいですね。頑張《がんば》って作った甲斐《かい》があります」

　褒《ほ》められたシェフも満足顔だ。

「明日の夕飯も楽しみだ。明日の昼食は外で食べてくるから、俺とサリエの分は要《い》らないからね。後、明日の朝食も今日と同じ時間に頼《たの》めるかな？　家にゆっくりいると身の危険があるから、開門と同時に街を出るので、早朝に申し訳ないけどその時間でお願いね」

「了解《りょうかい》しました」

　もう余程《よほど》の事がない限り暗殺される事はないと踏《ふ》んで、シェフに正直に明日の予定を伝えた。

　食後、サリエと別れて就寝《しゅうしん》する。明日も早朝5時起きなので、さっさと寝《ね》るにかぎる。

第5章　ジェネラル討伐とお馬鹿《ばか》な騎士《きし》

【異世界生活3日目】

翌朝、朝食後に屋敷《やしき》を出て街の東門に向かう。

「サリエ、屋敷を出た時点でつけられている。悪意は感じないから、昨日の騎士が、またラエルに護衛につけとでも命令されたんだと思う」

「ん、私も気付いてる。どうするの？」

2人とも【気配察知】がＭＡＸなのだ。後ろを付いてくる人の気配を見逃《みのが》すはずがない。

「東門を出た時点で、林に入って【テレポ】を使って、昨日登録した場所に移動する」

「ん、リューク様、転移魔法も使えるの？」

「闇《やみ》系のレアスキルだけど、サリエもほしい？」

「ん！　超《ちょう》欲しい！」

「まぁ、これもヤバイスキルだけど、後でコピーしてあげるね」

「ん、嬉しい！」

東門を出て直《す》ぐに林に入り、サリエと手を繋いで昨日登録した地点に転移する。

「ん、凄い……一瞬《いっしゅん》で昨日の場所に移動した！　これで、上手《うま》く撒けたかな？」

「うん。見失ったから、門付近で俺たちが帰ってくるのを待つみたいだね」

「ん、ずっと待つのかな？　ちょっと可哀想《かわいそう》……」

＊　＊　＊

現在ジェネラルのコロニーの近くにきている。

戦闘前に魔力不足に陥《おちい》らないようにパッシブ系のスキルを追加しておく。

【HP・MP回復量増加】通常時自動回復する回復量の増量。

【リストア】対象の時間を巻き戻《もど》す魔法。生物には無効。

これで魔力不足は問題なくなる。

武器の損傷も時間を巻き戻すことによって瞬時に直せるので安全性は高まるだろう。さっそく【リストア】を使い武器を新品状態まで戻しておく。念のためにサリエからもスキルをもらっておくかな。サリエが習得している近接技術は有用だ。

「じゃあまたサリエとコネクトするな。【双剣術《そうけんじゅつ》】【拳術《けんじゅつ》】【格闘術《かくとうじゅつ》】【馬術】を貰《もら》って、【HP・MP回復量増加】と【エアーコンディショナー】【テレポ】【弓術《きゅうじゅつ》】【槍術《そうじゅつ》】をあげてから【カスタマイズ】で熟練レベル10にして完了《かんりょう》」

「ん？　【エアーコンディショナー】ってなに？」

「【エアコン】って唱えてみたら分かるよ。この時季はあまり必要ないけど、夏や冬には凄い効果があると思うぞ」

「ん！　涼《すず》しくなった！　何これ！　凄い！」

「だろ？　真夏の暑い時季に長袖《ながそで》を着てこれだけ走れば汗《あせ》だくになるからね」

林や森に分け入るのに半袖で行くわけにはいかない。特に夏場は危険な昆虫《こんちゅう》系の毒虫や蛇《へび》などの魔獣も出るのだ。夏でも肌《はだ》の露出《ろしゅつ》はできない。きっとこの魔法は役に立つはずだ。

「ん、リューク様ありがとう！　これは凄い魔法！　嬉しい♪」

「サリエは多分【多重詠唱《えいしょう》】も欲しいと思うけど。あれは国が滅《ほろ》ぶレベルの禁呪《きんじゅ》だからちょっと考えさせてくれな。コピー制限もあって5人までしかコピーできないしね」

「ん？　コピー制限って何？」

「レアなスキルはコピーしてあげられる人数に制限があるんだ。レアなものは俺の生涯《しょうがい》で5人までしかコピーできない。同意して返してもらうか、サリエが死亡しないことには5人という枠《わく》に縛《しば》られるんだ。だから誰《だれ》にでも話せないし、あげられない。下手《へた》にコピーできるのが分かったら皆《みんな》それを望むでしょ？　『私はなんでコピーしてくれないの？』『俺はどうしてダメなんだ！』とかの苦情や不平不満も出るだろうしね」

俺の話を聞いていたサリエは急に泣き出した。声は殺しているが涙《なみだ》が止まらない。

「サリエ、どうした⁉」

「ん！　人数に制限があるのにそんなレアなスキルをコピーしてくれて嬉しいの！」

「身内以外にあげる気はないのでくれぐれも秘密ね」

「ん！　誰にも言わない！」

「【多重詠唱】がヤバイのは解《わか》るよね？」

「ん？　同時に一杯倒《いっぱいたお》せるから？」

「どうやら解ってないね。俺の【多重詠唱】はレベル1で10個、レベル10で100個同時発動できるんだけどね。もしこれを広範囲魔法《こうはんいまほう》で撃《う》てる禁呪指定の【メテオ】や上級魔法の【ファイガストリーム】なんかを100個放ったらどうなると思う？」

「ん！　街が消える⁉」

「だよね。ヤバイでしょ？」

「ん、ヤバイ！　国に暗殺されかねないレベルでヤバイ！」

「そういう事。だから誰が相手でも勝てるほどの絶対の強さを得るまでは、不用意に人前で使えないんだよ」

MPが回復するまで休憩《きゅうけい》して、いよいよコロニー討伐だ。

「じゃあ、昨日のように、プリーストを俺が倒したら攻撃《こうげき》開始ね。昨日と違《ちが》って洞窟《どうくつ》になっていて奥も深いから【ホーミング】があるけど狩り漏《も》れが出るかもしれないので注意してね。アーチャーを見かけたら、サリエも優先して魔法スキルで弦《つる》を切ってね」

今回は俺の周りを5つのリング状に50個の初級魔法の【エアロカッター】が回っている。

前回の戦闘《せんとう》で上位種は2発で倒せることが分かっているが、プリーストのみ3発用意して一斉掃射《いっせいそうしゃ》で撃ち出した。

外に居た奴《やつ》と中から出てきた雑魚《ざこ》は魔法と剣で大した苦労もなく倒しきった。

「ん、出てこなくなったね？」

「一度【リストア】で武器を直してから、中に突《つ》っ込もう」

【ライト】を10個洞窟内部に放って、2人で突入《とつにゅう》した。

殆《ほとん》どのオークやゴブリンは、急に明るくなって目を瞑《つぶ》っているので、その間にサクサク倒していく。人を襲《おそ》うこいつらに容赦《ようしゃ》はしない。もう昨日のような躊躇《ちゅうちょ》が無くなった。数をこなすうちに慣れてしまったのだ。

残りのオークが4頭になったとき、サリエが相手をしていたオークが咆哮《ほうこう》した瞬間、一瞬体が硬直《こうちょく》した。どうやらサリエと戦闘中の奴がオークジェネラルのようだ。

でも何だ今の？　その硬直した一瞬の隙《すき》をついて、ジェネラルがサリエに剣を突き立てた。

今のはシールドが無かったらヤバかった。

「サリエ！　大丈夫《だいじょうぶ》か⁉」

「ん！　問題ない！　急に大きな声を出したからびっくりしただけ！」

俺は周りの3頭を倒《たお》してサリエの加勢に向かったのだが、ジェネラルはサリエと剣で互角《ごかく》に渡《わた》り合っていた……こりゃ剣だけだと俺じゃ勝てん。ジェネラル、めちゃくちゃ強い！

サリエの剣術の腕前《うでまえ》は【剣王】レベル8。この辺の魔獣《まじゅう》など瞬殺できるはずなのだ。

ちなみに【剣士】→【剣聖】→【剣王】→【剣鬼《けんき》】→【剣神】と5段階もある。

スキルも使えば楽に瞬殺できるのに、なぜか剣だけでやり合っている。サリエって実は戦闘狂《せんとうきょう》？　サリエを見る限りどうも楽しんでやっている節がある。

邪魔《じゃま》をしたら後で拗《す》ねられそうなので任せることにした。

ん⁉　またた！　オークが咆哮した瞬間サリエが一瞬硬直して首を薙《な》がれた。

これもシールドが無かったら即死《そくし》レベルだ。

『ナビー、今のなんだ？』

『……威圧《いあつ》系のスキルですね。蛇に睨《にら》まれた蛙《かえる》というやつです』

『そんなスキルも有るのか……シールドが無かったらサリエは2回死んでるな』

「サリエ！　どうもその咆哮は威圧系のスキルみたいだ！　油断するんじゃないぞ！」

「ん！　分かった！」

俺がそう言うと腰《こし》から短剣を抜《ぬ》き、オークの首を薙いであっさりと殺した。

そうなのだ……昨日からさっきまでサリエは剣一本でずっと戦闘していた。だが、サリエのステータスに【双剣術】があったはずなのだ。サリエの腰にも短剣が差してある。

つまりサリエは手抜きしていたのだ。

「サリエ、お前遊んでたな！」

「ん、剣一本で倒せると思ったのに！」

滅《め》茶《ちゃく》苦《ちゃ》茶《く》悔《ちゃ》しそうにしている。

「シールドが無かったら2回死んでたぞ！」

「ん、ちゃんとそれも見越《みこ》してやっていた。でも変な硬直で2回切られた」

「あれ、威圧系のスキルみたいだ。お、奪《うば》えてる！　【将の咆哮】ってスキルみたいだぞ」

レベル4のスキルだったが、レベル10にしてサリエに放ってみた。

「ハァッ！」

サリエはびくっと飛び上がって3秒ほど硬直した。

「ん！　怖《こわ》かった！　リューク様のあほ！」

余程《よほど》怖かったのか、あほって言われた！　前髪《まえがみ》で見えないが、目をぬぐってるので実は涙目なのかもしれない。

「そんなに怖かったのか？」

「ん！　超《ちょう》怖かった！」

「ごめん。ジェネラルは【将の咆哮】レベル4で所持していたけど、レベル10にしてさっき使ったんだよ。3秒ほど硬直していたね？　これかなり使えるぞ。範囲《はんい》攻撃だし、雑魚ならこれだけで気絶しそうだ。これも後でコピーしてやるな」

「ん！　ホント！　これ凄《すご》く使えるスキル！　ヤッター！　嬉《うれ》しい！」

一度食《く》らったスキルなので、この魔法の有用性が解るのだろう。

念のために洞窟内を探索《たんさく》しておくことにする。

洞窟の最奥《さいおう》に武器庫のようなものを見つけたが、どれもこれも錆《さ》びていて良品とはいえない。でも、放置しておくとまたオークに再利用されてしまうので、全《すべ》てインベントリに放《ほう》り込んで持ち帰ることにした。武器庫内には2ｍほどの大きさの宝箱があり、中に30ｃｍほどの綺麗《きれい》な宝石箱が入っていた。宝石箱には綺麗《きれい》な宝石が10個入っている。どこかの商隊を襲った時に奪ったのだろう。オークが持っていても役に立たないだろうに……。

『……オークも綺麗な光り物は好きなのですよ。上位種は知能も高いですしね』

『そうなのか……』

他《ほか》にもぎっしりお金の詰《つ》まった袋《ふくろ》やアクセサリー類が14点入っていた。

「このジェネラルが使っていた剣、凄くいい剣だね。俺のよりずっといい物だよ。ミスリルの純度が71％もあるし、オリハルコンも11％も混じっている」

「ん、リューク様の今の武器の純度はどれくらいなの？」

「装備中のやつは、ミスリル42％、鋼49％、鉄9％だね。ミスリルが10％以上あると錆びることが無くなるからいいよね」

洞窟を出て今後の相談をする。

「オークどうする？」

「ん……多いから魔石抜くだけでも大変」

結局2人の労力を考え、ギルドに処理依頼《いらい》を出すことにした。

「また色々サリエにスキルをコピーしてあげるね。【重力操作】【魔糸】【魔枷《まかせ》】【将の咆哮】【ファイアボール】【ファイアウォール】これでゾンビ化と疫病《えきびょう》予防の為《ため》の焼く作業も手伝えるね」

「ん、知らないスキルが一杯《いっぱい》」

「【重力操作】は既存《きそん》魔法の【レビテト】みたいなもので、重力を操作して自分や物を浮《う》かせて移動なんかができるようになる。【魔糸】は自分の魔素を糸にしたもので、イメージ次第《しだい》で強度が変わってくるから糸を出す際に強くて丈夫《じょうぶ》なイメージで出すといいよ。柔《やわ》らかくて伸《の》びるようにもできるし魔力操作で自由に操《あやつ》ることが可能だよ。【魔枷】も拘束《こうそく》用の魔法だけどそのうち役に立つと思う。実際にやって見せた方が解るからサリエを縛ってみるね」

そう言いながらも既《すで》に魔糸を指先から出してサリエの右腕に巻きつけている。そのまま左腕に絡《から》みついた瞬間キュッと締《し》めれば後ろで両手が拘束された。

「ん！　一瞬《いっしゅん》で捕《つか》まった！」

「そう簡単には切れないから、解《ほど》こうとしてみてごらん」

「ん、無理……解けない」

「そして【魔枷】を使うと」

「ん？　力が出ない！」

「【魔糸】は触《ふ》れている間はMPドレインができるし、相手は魔法も使えなくなるから、拘束するには最適でしょ？」

サリエの【魔枷】を外して、【魔糸】はそのまま残し【重力操作】を発動する。

「今サリエは無重力にしてあるから、こうやって糸で楽に引っ張れるんだ。これをオークの足に縛《しば》って浮かせて木に括《くく》っていけば楽に魔石抜きもできるでしょ」

「ん！　リューク様の発想が凄い！」

「あはは、縛って動けないサリエにいたずらしちゃうぞ～」

「ん、きゃー？」

「なんだ、そのわざとらしい悲鳴は、棒読みかよ！」

＊＊＊

後片付けを行い街に戻《もど》ってきた。東門から入ったらすぐに例の騎士《きし》の監視《かんし》がついた。思った通り、俺たちを見失った後に、門で帰ってくるのを待つようラエルに命令されたようだ。可哀想《かわいそう》にずっとここで6時間ほど見張っていたのだ。だが、この騎士はかなりバカのようだ。

「サリエ、例の騎士どうしようか？」

「ん、捕まえて脅《おど》す？」

「そうだね、次の路地を曲がった後、捕《と》らえよう」

「ん、了解《りょうかい》！」

路地を曲がって、俺たちは騎士が追ってくるのを待ち構える。そして騎士が現れた瞬間軽く腹に蹴《け》りを入れ、腕を取って地面に引き倒す。首にはサリエが剣を突き付け威嚇《いかく》する。

「お待ちくださいリューク様！　昨日のラエル様付きのパイルです！」

「ああ、解《わか》っているよ！」

「え⁉　ではなぜこのような事を？」

「サリエ、説明してやれ！」

「ん、お前は今、暗殺犯として捕らえられた！　下手《へた》に動くと殺す？」

最後自信無げな疑問形なのはまぁ、いいだろう。

「正解だサリエ！　そういう事だ。お前は今、暗殺犯として捕縛《ほばく》した」

「待ってください！　リューク様の身を心配されたラエル様に命令されて、リューク様の後を付けてお守りするよう仰《おお》せ付かったのです！」

「お前がうちの騎士じゃなくて良かったよ。お前みたいなバカはうちには要《い》らない」

「どういう事ですか⁉　いくらなんでも酷《ひど》い言い草です！」

このバカに懇切丁寧《こんせつていねい》にその何故《なぜ》かを教えてあげる。朝から俺の後ろをコソコソ付いてきて、一番疑わしい行動をとっている第一容疑者だと教えてやったのだ。

「そんな！　私はラエル様に命令されただけです！」

「じゃあそのラエルも、お前の今の証言で容疑者の1人になった。自分のやっている行動や言動の意味も解ってないから俺はバカだと言ったのだ。理解できたか？」

そう言いながら、腕を放して起こしてやる。

「あの？　私はどうなるのでしょう？」

「今回はどうもしないよ。お前がバカな行動をしていたから警告したんだよ。犯人が誰《だれ》か分かってないのだから、変な行動をしたら疑われるよってラエルにも伝えといて」

「そう言伝《ことづて》いたします。この度《たび》は申し訳ありませんでした。私の行動が浅はかでした」

「あ、このまま帰ったらラエルに怒《おこ》られるだろうから、コールして。俺が直で伝えるから」

「はい、ありがとうございます。ご配慮《はいりょ》感謝いたします」

騎士がラエルをコールで呼び出し、事情をある程度説明した後、俺と替《か》わる。

『あ、ラエル？　君の所の騎士がコソコソしていたので、もう少しで殺すとこだったよ』

『リューク、お前の事が心配だったから、そいつをこっそり護衛の任務に向かわせていたのだよ。聞けば城壁外《じょうへき》に出るのに、小さな侍女《じじょ》を1人しか連れていないそうじゃないか？』

『そうだけど、街の中より安全だしね』

『理屈《りくつ》は解るけど、魔獣《まじゅう》がでるエリアに行くのに、お供が1人なのは心配だよ……』

『でも、事が済むまでは俺に絡まない方がいいよ。女神様《めがみさま》も関《かか》わっているから、父様もかなりピリピリしているし。たとえ従弟《いとこ》のラエルでも余計な事をして疑われたらヤバイよ』

『解った。リュークも気を付けろよ。心配だからできれば定期的に連絡《れんらく》をくれるとありがたい』

『心配してくれてありがとう。そうするよ……』

ラエルと通話を切って、おバカな騎士は解放してあげた。

その後ギルドにジェネラル討伐《とうばつ》の報告を行い、昨日のお肉と討伐報酬《ほうしゅう》を受け取る。

今日狩《か》った分をギルドに預けて、俺たちは神殿《しんでん》に向かった。

その道中でMAPに反応が有った……暗殺犯だ！

どうやら街の中心付近の宿屋に潜伏《せんぷく》していたようだ。【周辺探索】はナビーが魔獣の居る場所を教えてくれていたので1kmあれば十分かとレベル上げを後回しにしていたため、これまでエリア外だったようだ。

サリエに知らせるか……でも、これから神殿に行くのだから、夜にでも話すか。

午前中に俺が7レベル上がって現在種族レベル28、サリエが4レベル上がって32になっている。種族レベルが20になると神殿でジョブというものに就《つ》けるようになる。これは実際の職業と違《ちが》い、その仕事に従事するというものではない。就けたジョブに関係するステータスの適性項目《こうもく》が上がりやすくなるのだ。以降10レベル毎にジョブが増やせる。

神殿内部に入って行くと、俺を見かけたシスターが声を掛《か》けてきた。

「こんにちは。リューク様、今日はどうされました？」

「こんにちは。侍女のサリエと2人でジョブに就こうかと思い訪《おとず》れました」

「それはおめでとうございます。では、手配いたしますね」

「ん、リューク様が教会にオークのお肉30頭分を寄付してくれた。今持ってきてる」

「まぁ！　それはありがとうございます！　最近お肉が高くてなかなか口にできなくなっていました。子供たちもさぞ喜ぶことでしょう」

「いや、俺というよりサリエのたっての希望だ。感謝はサリエに言うとよい」

サリエに後ろからお尻《しり》をつねられた。指が小さいので地味に痛い。サリエは公爵《こうしやく》家の俺からという事にしたかったようだ。俺や公爵家の顔を立てたかったのだろう。

「では、神殿の奥にある【アイテムBOX】の方に行ってもらってよろしいでしょうか？」

【アイテムBOX】は俺の【インベントリ】と同じ機能が有る【亜《あ》空間倉庫】だ。神が神殿と各ギルドに1個ずつ固定配布している。固定なので一度設置した場所から動かせないのが欠点だが、貴重な生もの等を預かる事で料金を頂いて大事な収入源にしている。

移動している間にシスターが連絡したのか、神父様もやってきた。

「リューク殿《どの》、お肉の寄付感謝いたします。30頭分もあれば1年は子供たちに食べさせてあげられる。本当にありがたいことです」

「明日、スタンプボア1頭とホーンラビット9匹《ひき》分も寄贈《きぞう》しますので楽しみにしていてください。今、ギルドでお肉にしてもらっているのです」

神父様との会話を聞いていた数名のシスターたちも美味《おい》しいお肉が食べられると、嬉《うれ》しそうに声をあげている。シスターさん可愛《かわい》い！　異世界はこうでなくっちゃね！

「ジョブ獲得《かくとく》の手配を直《す》ぐにいたしますので、今暫《しばら》くお待ちください」

ほどなくして祭壇《さいだん》の方に連れて行かれ、水晶《すいしょう》のようなものに触れさせられた。

「これは神器でございまして、触れることによって現在就けるジョブが魔《ま》法陣《ほうじん》のクリスタルに表示されます。その中から選択《せんたく》して決定すれば、ジョブに就けますのでご覧ください」

「実はもう決めてあるのです。あった、ポチッとな。じゃあ次はサリエね」

「ん、あった！　良かった……セカンドジョブどうしよう？」

「サリエは、剣《けん》と魔法どっちを先に伸《の》ばしたい？」

「ん～、剣は既にある程度使えるし、折角魔法科にいくのだから、魔法」

「じゃあ、セカンドジョブは魔術師が良いんじゃないかな？」

「ん、そうする……わっ！　ＭＰ量が凄《すご》く増えた！」

「後で見せっこしよう。ん？　……しまった！　あちゃー見せっこで思い出したよ……」

俺はふいにある約束を思い出したのだ。

「ん？　リューク様どうしたの？」

「フィリアと約束していた事があったんだ……今、フィリアはレベル17で、夏休みにどこかにレベル上げに行って、一緒《いっしょ》に神殿へジョブに就きに行こうねって」

「ん！　早く謝った方がいい」

「神父様、ありがとうございました。また明日お肉を持ってきますね。もし俺が来られないようなら、使いを出しますので」

「こちらこそ沢山《たくさん》のお肉の寄贈ありがとうございました」

早々に話を切り上げ、神殿を後にする。

フィリアにメールを送ると、今、ナナの所に遊びに行っているらしい。

ナナに用があるし、サリエの事もあるのでこれからナナの所に行く事にする。

サリエの事というのは、執事《しつじ》ではなく侍女を付けたという話だ。婚約者《こんやく》に相談もなく、常に行動を共にする学園生活のお供を女子にしたのだ。事後報告になったのを詫《わ》びなくてはならない。フィアンセがいるのに、執事ではなく侍女が付いたのだ。フィリア的にはいい気はしないだろう。俺なら同じ16歳の男が好きな娘《こ》にべったりついて行動する従者になったと思ったら、嫉妬《しっと》でやきもきするのは間違いない。

妹のナナの母親ミリム母様の実家は王都にある。ミリム母様の父親は王都でも有数な豪《ごう》商《しょう》の商家だ。娘《むすめ》を作法見習いという名目で公爵家に出していたのだが、その娘が父様に見《み》初《そ》められてナナが生まれた。公爵家との縁《えん》とか玉《たま》の輿《こし》という魂胆《こんたん》もあるのだが、ミリム母様は上手《うま》く立ち回ったようだ。そういうと嫌《いや》な女に思えるが、とても気立ての良い可愛い人だ。

ミリム母様が妊娠《にんしん》してナナが生まれた年に、母様の父親はこの公爵領にある支店を公爵家御用達《ごようたつ》にしてもらっている。そのおかげでさらに利益を上げ、国でも5本の指に入る商家にあげられるほどだ。現在ナナはその支店を構える別邸《べってい》に避難《ひなん》中なのだ。

第6章　妹のナナの足は治せるようです

俺の後ろを元気なくとぼとぼと付いてくるサリエを連れて、ナナのいる街の中心部にある豪邸に到着《とうちゃく》する。執事に連れられ、フィリアたちがいる部屋に案内された。

「リューク様！　会いたかったです！」

部屋の中に入るなり、フィリアが俺に抱《だ》き着いてきて涙目《なみだめ》で俺の胸に頰《ほお》ずりをしてくる。

何！　このいきなりの萌《も》え展開！　今まで見たこともないような美少女がいきなり抱き着いて頰ずりしてくるのだ。しかも良い匂《にお》いがする！　フィリアの大きな胸が押しつぶされて凄い事になっている！　俺は顔が真っ赤になり、気絶しそうなほどドキドキする。

異世界ハーレム素晴《すば》らしい！

「フィリア！　ナナの前でいちゃつかないで！」

車椅子《くるまいす》から叫《さけ》んでいるのが妹のナナだが、こっちも凄い美少女だ。

「ナナ、そんな意地悪言わないでください。凄く会いたかったのです。リューク様、コールをしてもちっとも出てくれなかったですし……」

「兄様はナナのですから、いくらフィアンセでも結婚《けっこん》するまでは気安く触《さわ》らないで！」

聞いての通りナナは重度のブラコンだ。

この世界の婚姻《こんいん》は相手が誰だろうが制限はない。

どうやらナナは俺の第二夫人の座を狙《ねら》っている節がある。

「2人とも俺のせいで入学が少し遅《おく》れちゃうけど許してね。特にナナは折角今年の入学生でトップを取って名誉《めいよ》ある新入生の代表挨拶《あいさつ》をするはずだったのに。父様も母様も楽しみにしていたから申し訳ないよ……」

「兄様、良いのです。ナナは兄様が生きていてくれたことが一番嬉しいのです。ナナも兄様の後を追おうかと悩《なや》んだほどです。本当に良かった」

目の前で大粒《おおつぶ》の涙をぽたぽた流して2人で泣いてくれている。ある程度落ち着いた頃《ころ》、話を進める。

「今日はもう1つフィリアに謝る事があるんだ」

「謝ること？　何でしょう？」

「その前に2人に紹介《しょうかい》するね。サリエこっちへ……学園に通う際に俺の侍女になった子爵家の娘のサリエだよ」

廊下《ろうか》で待っていたサリエを部屋に通して紹介する。

「ん、サリエ・E・ウォーレル。ウォーレル子爵家の娘です」

「エッ!? この子が？」

「兄様？　本当なのですか？　こんな小さな子供がですか？」

「うん、そうだよ」

「きゃー！　可愛い！　ナナ、この子なら大丈夫《だいじょうぶ》ね」

「うん！　フィリアと作戦会議をしていたのが恥《は》ずかしいわ！　なんて愛らしいのかしら」

「サリエちゃん、こっちにきてお顔を見せてください」

「あ、フィリア、サリエは死んだ母親の遺言《ゆいごん》で顔を見せてくれないんだ。父様の命令でも拒否《きょひ》するくらいの徹底《てってい》ぶりなので諦《あきら》めろ……」

「？？？　理由は分かりませんが、お母様の遺言なのでは仕方がありませんね」

「兄様、サリエちゃんは本当に今年で16歳なのですか？」

「ステータスではそうなっているけど、10歳くらいにしか見えないよね？」

「「うん」」

やはり2人にもそう見えるらしい。

「ん、来月16歳になる。暫く15歳の3人より私の方がちょっと大人！」

「とか言っているサリエの言動が、子供っぽくて可愛いよね？」

ナナもフィリアもうんうんと頷《うなず》いて同意している。ちょっと不機嫌《ふきげん》になったサリエが仕返しなのか爆弾《ばくだん》を落としてきた。

「ん、リューク様はそれよりさっさとフィリア様に謝る」

「うっ、そうだった……実はフィリアとの約束をすっかり忘れていて、今日、神殿《しんでん》でジョブに就いてきてしまったんだ。就いた後になって、夏休みにレベル上げして一緒にジョブに就きに神殿に行こうって言っていた約束を思い出しちゃって……ごめんね」

「そうでしたか、残念ですが仕方ないですね。そんな事より、わたくしはリューク様が生き返ってくれたことの方が嬉しいです！」

「そうですよ兄様！　ところで兄様のレベルはいくつになられたのですか？」

「今、28だ。レベルも上がって結構強くなったよ」

「えっ！　兄様、もうレベル28なのですか？」

「リューク様素敵です！　カッコイイうえにお強いとか、ますます惚《ほ》れちゃいます♡」

「今、暗殺者に狙われているだろ？　サリエは強いけど、自分でも守れないといけないと思って頑張《がんば》ったんだよ」

「サリエちゃんはお強いのですか？」

「めちゃくちゃ強いね。だから執事ではなく護衛重視の戦闘侍《せんとうじ》女《じょ》のサリエが選ばれたんだ」

ドアをノックしてこの家の侍女が入ってきた。どうやら紅茶を持ってきたようだ。サリエがスッと動いてその侍女と替《か》わろうとする……その侍女は、自分の仕事だと言い、譲《ゆず》ろうとしない。うん、対応は丁寧《ていねい》なのだがサリエの方が遥《はる》かに優秀《ゆうしゅう》だな。

「君、俺は今、暗殺者に命を狙われているんだ。サリエは護衛も兼《か》ねているので君を疑うわけではないが、毒殺の可能性を考慮《こうりょ》してお茶をサリエが入れようとしてくれている。君の仕事を奪《うば》って申し訳ないが、事情が事情なのでサリエと替《か》わってもらえないかな？」

「あ！　はい、失礼いたしました！」

深く一礼して、その侍女は部屋を出て行った。毒が入っていないのは、ナビーが知らせてこないことから分かっているのだが、これはサリエの仕事だ。

「どう？　ちびっこだけど、なかなか優秀でしょ？」

「ん！　ちびっこ言うな！」

「そうね。サリエちゃん、兄様の事守ってね」

「サリエちゃんお願いね。わたくしも、もうあんな悲しい思いはしたくないの」

「ん！　任された！」

「まぁ、言葉遣《ことばづか》いは独特だけど、優《やさ》しくて良い子だから仲良くしてあげてね」

どうやらサリエは2人に受け入れてもらえたようです。サリエも認められて嬉《うれ》しそうだ。

さて、この後診察《しんさつ》の為《ため》、ナナに裸《はだか》になってもらわないといけないのだが……ナナが可愛すぎて躊躇《ちゅうちょ》してしまう。俺の理性が持つか自信が無い……。

＊　＊　＊

紅茶も飲んで落ち着いたし、ナナの足の治療《ちりょう》をしましょうかね。

「兄様、お爺様《じいさま》もお婆様《ばあさま》も、今朝、お母様と王都にお帰りになりました。一度ゆっくり兄様と会いたいと言っていましたよ。事件が片付き王都で学園に通い始めたら会いに行ってあげてくださいね。皆《みんな》、兄様が生き返って喜んでいるのですよ」

「うん、そうだね。王都に行ったらナナも一緒に行こうね」

「はい、兄様！」

うん、優しい良い娘《こ》だ。

「ところでナナ、俺が女神様《めがみさま》に生き返らせてもらったのは知っているよね？」

「はい、お父様が聞いても秘密だとか言って詳《くわ》しくは教えてくれないと嘆《なげ》いていました」

「あはは、女神アリア様が生き返らせてくれた時、俺にスキルをくれたんだよ。そのスキルをナナに使ってみたいのだけどいいかな？」

「どのようなスキルなのでしょう？」

「これも秘密なんだ……ごめんね」

「はい、解《わか》りました……」

良かった。下手《へた》に説明して、いざやってみたけど足が治らなかったらショックが大きいと思う。黙《だま》ってやって、もしダメだった場合上手くごまかせばいいだろう。

「じゃあベッドに行こうか。いつものように俺が抱っこするよ」

抱っこと聞いて嬉しそうに両手を俺の方に差し出してきた。いつもナナを抱っこして車椅子やベッドなどに移乗するのを介助《かいじょ》してあげていたのでナナも慣れたものだ。俺が近づくと首に腕《うで》を巻きつけ楽に抱《かか》えられるように協力してくれる。フィリアがしてきたようにナナも頬ずりするように俺の胸に顔を擦《こす》り付けてくる。

心臓が破裂《はれつ》しそうなほどドキドキします！　ナナも凄《すご》く良い匂いがする。

ベッドに移動したらサリエがナナに声をかける。これは事前にサリエにお願いしていた。

「ん、ナナ様……服を脱《ぬ》いでもらわないといけない」

「サリエちゃん？　裸になるのです？」

「ん、そう。脱ぐの手伝うね」

詳しい説明がないのでナナは不安げだが、サリエに手伝ってもらい全裸《ぜんら》になった。

色白で大変お美しゅうございます！　胸も完璧《かんぺき》です！　俺好みの美乳でございます！

これはイカン！　落ち着け俺！　耐《た》えろ俺！　理性をフル稼働《かどう》してさっさと終えることにする。

治療できるか判《わか》るまでは無詠唱《むえいしょう》でこっそりやるとしよう。

【ボディースキャン】によると、どうやら骨は正常だが、神経系が一部欠損している。この世界では上級魔法《まほう》に欠損部位も治せるほどの回復魔法も存在するが、生まれつきのものは治せないという縛《しば》りがある。生まれつきのものはその状態が正常な状態と認識《にんしき》され、欠損とスキル判定されないためだ。で、ナナなのだが……結論を言えば治せる。これを見込んで創《つく》った【細胞治療《さいぼうちりょう》】という俺のオリジナル魔法があるからだ。

「ナナ、今からお前の足の治療をしようと思う」

「え!?　リューク様？」

「兄様どういうことですか!?」

2人が驚《おどろ》くのも無理はない。

ナナは公爵《こうしやく》家の御令嬢《ごれいじょう》なのだ……これまで何人ものこの国で有名な治癒《ちゆ》師たちに診《み》てもらって匙《さじ》を投げられているのだ。フィリアも聖女と言われているほどの神聖回復魔法の使い手だ。何度もナナの足の治療に挑戦《ちょうせん》してダメだったのだ。マリア母様も水系のヒーラーとしてフィリア以上に名を馳《は》せた人だ。

「まぁ黙って試《ため》させてくれないか？　【アクアフロー】【細胞治療】で、まずナナの体の魔素を上手《うま》く循環《じゅんかん》させる流れをつくる。ちょっと胸を触るね……」

実の妹にドキドキしてしまった……だってやわやわなんだもん！

「よし、これでいいかな。これでナナの体を魔素が上手く流れる道が構築された」

「はぅ……全身がとても温かいです……あ、兄様、も、もっと触ってもいいのですよ！」

何を言っているんだ……困った妹だ。

「ナナの足の悪い原因は、背骨と腰《こし》にかけての神経系が上手く繋《つな》がってないのが原因だ。それを今から細胞レベルで繋いでいくね」

細胞という言葉がどういう意味か聞いてきたが、別に知らなくて良い。

【アクアフロー】と【細胞治療】を駆使《くし》して新たな神経網《もう》を構築していく。足らない知識はナビー経由で補完している。

40分ほどかけて新しい神経ネットワークがナナに構築された。

「ナナ、まだ神経接続はしてないけど、うまくいったと思う。今から神経を繋ぐけど、多分凄い痛みが一瞬《いっしゅん》発生する。我慢《がまん》してくれな」

頷くナナを見て一気に繋いだ。

「きゃっ!!」

悲鳴とともにビクンとナナの体が跳《は》ね上がった。だがそれと同時にこれまでピクリとも動かなかった腰から先が動いたのだ。これまでも触覚《しょっかく》や痛覚はあったが、動かすことが一切《いっさい》できなかった足に未知の感覚が有り、ちゃんと動いているのだ。

「兄様！　さっき動きました！」

「リューク様!?　どういう事ですか？　わたくしが何度やってもダメだったのに！」

「ナナ、フィリア、ちょっと落ち着こうか。ナナはこれまで15年間足を使ってないから、動かし方が解《わか》ってない状態なんだ。これから少しずつ足の動かし方を新しく構築した神経網に覚えさせないといけない。ここで頑張らないと折角構築した神経網がまた失われてしまうからね。まだ、続きがあるからもう少し横になっていてね」

ナナを俯《うつむ》けにして、色のついている部位を魔法陣《まほうじん》で確認しながら指圧を掛《か》けてモミ消していく。

「はぁ～ん……兄様ぁ～とっても気持ち良いです～♪」

色っぽい声出すんじゃない！

「ナナは、これまで腰で全《すべ》ての負担を受けもっていたからね。腰から肩《かた》にかけて疲労《ひろう》が溜《た》まっているようだ。腕も足と比べたらたくましいしね」

「う〜、意地悪言わないでください」

魔法陣に浮《う》かんでいる人型模型の異常個所が無くなったので、次は足の神経網に動かし方を覚えさせるリハビリを行う。

その前に、上着と下着を着けてもらわないと理性が持たない。

「兄様に見られても平気です！　それより続きをお願いします！」

足が少し動いたのが嬉しいのか次をせかしてくるが、なんとかなだめて上着と下着を着けてもらった。下は素足《すあし》のままで居てもらう。触《さわ》って刺激《しげき》を与《あた》えつつ、動かす感覚を覚えてもらうためだ。

「俺が触って指示したところに力を入れてごらん。まずは今触っている右足の膝《ひざ》を曲げてみようか。何度か俺が曲げたり伸《の》ばしたりするから、それに合わせて動かしてみて」

「あ！　なんとなく解りました！　こうですね！」

「お！　そうそう！　同じように左も自分でやってごらん？　できない？　こうだよ」

「あ！　できました！」

「ふむ、初動は介助してあげた方がいいようだね。よし曲げ伸ばしは覚えたみたいだね。

じゃあ足の指の付け根を開いたり閉じたりしてみようか」

足の指先1本1本まで一通りの動かし方を神経に学習させたが、1度じゃ厳しいようだ。

運動不足のナナは、一生懸命《いっしょうけんめい》額に汗《あせ》を浮かべて頑張《がんば》っていた。

「ナナ、1回じゃダメなようだね。明日も練習しようか？」

「はい、兄様！　でも凄い魔法ですね」

「そうだけど、この事はここにいる者だけで内緒《ないしょ》にしてくれるかい？」

「お父様やお母様にも内緒なのですか？」

「うん、今はまだ言わないでほしい」

理由をしつこく尋《たず》ねられたが、女神様に口止めされているといってごまかした。

これほどの魔法が世間にばれたら色々面倒《めんどう》そうなので、できれば秘匿《ひとく》しておきたいのだ。

「分かりました。言ってもよくなったら教えてくださいね？　早く足が動くようになった事を、お母様やお婆様《ばあさま》に教えて差し上げたいです」

そりゃそうだよね……ミリム母様喜ぶだろうな。

「それから、この足を動かす練習だけど、無理はいけないよ。これまで全く使っていなかった筋肉が炎症《えんしょう》し、折角の神経網がまた切断したら台無しになるからね。かといってやらないのはもっとダメ。お風呂上《ふろあ》がりにさっきやったぐらいの練習を侍女《じじょ》に手伝ってもらってやってほしいのだけど、できる？」

「あ、それなら今日はわたくしがお泊《と》まりして手伝います。リューク様の一連の練習を見ていましたので同じようにできますし、多少の炎症ならわたくしの治癒魔法で治せます」

「フィリアがやってくれるなら、俺も凄く安心だ。お願いできるかな？」

「はい、ナナもそれでいい？」

「うん。ありがとうフィリア」

「リューク様、頭を打って記憶《きおく》がおぼろげだと教会で言っていましたが、わたくしとの出会いはどこまで覚えてらっしゃいますか？　夏休みの約束の事もその影響《えいきょう》なのでしょうか？」

フィリアに余計な心配をかけたみたいだ……。

「もう頭の事は大丈夫《だいじょうぶ》だよ。あれは一時的なものだったみたい。フィリアとの出会いは10歳の社交界デビューの時だね。フィリアが俺に一目《ひとめ》惚《ぼ》れで暴走して、皆《みんな》がいる前で告白したのだったよね」

この国のしきたりで、男爵以上の貴族の子供は数えで10歳になった年に王都の王城で開かれる社交界に参加する。毎年国中から大勢貴族の子供が集まり、下位の男爵家から順番に壇上《だんじょう》に上がって一言挨拶《あいさつ》をする。

お見合い的な意味も有り、各親への顔見せも兼《か》ねて行われているようだ。

俺の1人前がナナで、その前が従弟《いとこ》のラエルだったが、2人とも常套句《じょうとうく》を一生懸命覚えて公爵家として恥《は》ずかしくない挨拶を行った。そして最後に俺が家名と名乗りを上げた後にフィリアが駆《か》け寄ってきて、皆の注目する中で俺にプロポーズをやってのけたのだ。

「どのような言葉だったか覚えていますか？」

「『可愛《かわい》いリューク様！ どうかわたくしと結婚《けっこん》してくださいませ！』だったかな？ 顔を真っ赤にさせながら、叫《さけ》んでいたね？」

フィリアは本来控《ひか》えめな性格なのだ。大勢の前に自分から出ることはまず考えられない。あの時事前に両親から結婚相手を探すためのお披露目会《ひろめ》だと聞かされていたフィリアは、あの時あまりにも俺が好みのストライクだったようで、周りが見えないほど舞《ま》い上がっていたのだそうだ。あの場で直《す》ぐ告白しておかないと、俺を先に誰《だれ》かに盗《と》られちゃうと子供ながらに感じて、気付いた時には無自覚のうちに告白していたそうだ。

フィリアの告白に対し、当時10歳の俺はあまり考えず『うん、いいよ』とその場で即答《そくとう》したのだった。

昔話も一段落したようなのでそろそろ帰ろうかな。話に入れないサリエが少し退屈《たいくつ》しているしね。

「ナナ、フィリア、悪いけど今日はもう行くね。また明日治療に来るけど、フィリアはお風呂の後にリハビリよろしくね」

「兄様！　もう少しだけいてください！　ナナは会いたいのをずっと我慢していたのですよ！」

「そうですリューク様！　何かこの後に大事なご予定とかあるのですか？」

「いや、特に無いけど……」

「そうだわ！　兄様、汗を沢山《たくさん》掻《か》いたので、お風呂に入れてくださいまし！」

「エッ？　それだとわたくしは待っている間退屈ではないですか！　そんなのダメです」

「フィリアも一緒《いっしょ》に入ればいいじゃない。婚約者《こんやく》なのだから問題ないでしょ。フフフッ」

ナナはフィリアが入ってこないのを知っていて、態《わざ》とこういう煽《あお》るようなことを言っている。フィリアは神殿《しんでん》に通っているだけあって、貞操《ていそう》観念が一般《いっぱん》人より強い。

俺は足の悪いナナをよく入浴介助《かいじょ》してあげていた。あくまで身内としての介助だ。

ナナがどう思っていたかは別としてだが……。

このお屋敷《やしき》は、足の悪いナナがいつ来ても問題ないような設計で最初から建てられている。全フロアバリアフリーだし、大きな車椅子《くるまいす》ごと入れるように、どの扉《とびら》も間口が広く造られている。当然お風呂場にも車椅子ごと入って行ける。

「じゃあ、車椅子から洗い場の椅子に移乗するよ」

「はい兄様！」

ナナは実に嬉《うれ》しそうだ。俺のトランスファー介助も慣れたものだ。

移乗後、服を手早く脱《ぬ》がせたのだが、やっぱ可愛い……足が悪いせいで殆《ほとん》ど家を出ないナナはサリエ以上に色白で透《す》き通るような肌《はだ》をしている。

さっきも見たが、美乳だ！　Cカップくらいかな？　均整のとれた形の良い美乳としか言いようがない。

ピンクの髪《かみ》に、ピンクの唇《くちびる》、少し恥ずかしそうにして頬《ほお》もピンクに染めている。勿論《もちろん》、可愛い先っちょもピンク色だ！　全てがピンクだ！　裸《はだか》で美少女と一緒にお風呂に入っているせいなのか、もう俺の頭の中もピンク一色だ！

何時《いつ》ものように、可愛くナナは洗髪《せんぱつ》をねだってくる。

「お、お嬢様《じょうさま》、か、痒《かゆ》いところはないでしょうか？」

「特にないですが……何ですか？　お嬢様とか……少しわざとらしいです」

だって、髪をゴシゴシする度《たび》に、サリエでは起こらなかった揺《ゆ》れが起こっているのですもの！　もうプルプル揺れています！

「なぁナナ、今更《いまさら》だが普通兄妹《ふつうきょうだい》でお風呂は入らないぞ？」

「ナナは足が悪いので仕方がないのです。侍女たちより兄様の方が上手ですし、か弱い女子が行うより、兄様の方がお風呂場で滑《すべ》って転倒《てんとう》とかの危険も無く安全です。お父様もお母様もお認めになって許可いただいているのですから、何の問題もありません。それとも、兄様はナナをお風呂に入れてくださるのが嫌《いや》になったのですか？」

「そんな事はないけど……」

「そもそも一般家庭にお風呂などありません。何を基準に兄妹はお風呂に入らないとおっしゃるのですか？」

「いや、悪かった……うん、言ってくれれば何時でも入れてあげるね……」

早々に諦《あきら》めた……学園に首席で合格するくらいだ。俺が口で敵《かな》う相手ではない。

その後、何時ものように体を優しく洗ってあげ、一緒に湯船につかる。

足の踏《ふ》ん張りができないナナを後ろから抱《だ》きこみ、滑って溺《おぼ》れないようにしてあげているのだが、柔肌《やわはだ》がスベスベで理性が飛んでしまいそうだ。

今日はいつもの入浴と違《ちが》い更なる事件が起きた……脱衣《だつい》所でサリエが何やら騒《さわ》いでいる。何だろうと思って警戒《けいかい》していたら、フィリアが拭布を体に巻いて、顔を真っ赤にしてお風呂場に入ってきた。

「フィリア！　あなた何をしているのです⁉　いくら婚約《こんやく》者でも、結婚前にお風呂はだめです！　何、真に受けて入ってきているのですか！　さっき言ったのはからかっただけですのよ、信じられませんわ！」

ナナが絶叫《ぜっきょう》しているが、何時ものフィリアからは考えられない行動だ……。

「フィリア、どうしたのだ？　教義がどうとか言って、いつもは少し体に触《ふ》れるのもダメって言っていたぐらいなのに……」

「わたくしはシスターや巫女《みこ》様《さま》たちに騙《だま》されていたのです……早くから素敵な婚約者のいるわたくしを妬《ねた》んで、からかっていたのだと、リューク様がお亡《な》くなりになった時に彼女たちは申し訳なさそうに謝ってきたのです」

どうやらこれまでのフィリアの過剰《かじょう》なまでの貞操観念は、公爵《こうしゃく》家の子息と早くから婚約しているのをやっかんだシスターたちが、ちょっとした悪戯《いたずら》のつもりで吹《ふ》き込んだものらしい。それが嘘《うそ》だと知ったフィリアがどうも暴走を起こしたようだ。

そもそもフィリアは神殿に通ってはいたが、シスターではないのだ。当然教会の教義を厳守する義務なんか端《はな》から無いのだった。

シスターにその事を告げられ、俺に一度死なれたこともあって、これまで我慢《がまん》して抑《おさ》えていた衝動《しょうどう》に歯止めが利《き》かなくなっているのかもしれない。

「ん、リューク様ごめんなさい……止められなかった」

「サリエは悪くないよ……でもなんでサリエまで裸で入ってきているの？」

「ん、護衛？」

クエスチョンマーク付いているし！

拭布を巻いているフィリアの胸の谷間がヤバイ！　目が離《はな》せない！

「わたくしはもう我慢して後悔《こうかい》したくないのです！　ナナだけいつも一緒に入ってずるいのです！」

「ナナは妹だからいいのです！　それにしても……サリエちゃん、可哀想《かわいそう》に……」

「うん？　あら……本当だわ……これなら別に裸で一緒に入っても安心ですわね……」

「ん！　どこ見て言ってるの！　凄《すご》く失礼！」

カオスだ……だが素晴《すば》らしい光景だ！　桃源郷《とうげんきょう》はここにあったのだ！

ナナとフィリアがワイワイやってたその時、フィリアの拭布が大きな揺れで外れて落ちた……初めて女子の裸を見て鼻血が出ました。フィリアさん、素晴らしい！

「キャー、兄様!?　フィリア、あなた、もう出ていきなさいよ！」

「ん！　リューク様に危害を加えるこんなモノもいでやる！」

「イタッ！　サリエちゃん、これもげないから！　それに危害って……リューク様大丈夫ですか!?」

「フィリア……ありがとう！」

「どこにお礼を言っているのですか！　そんなにじっと見ないでください！」

「無理だ！　フィリアの胸には【チャーム】の魔《ま》法《ほう》が、いやもっと上位の【魅了《みりょう》】が付《ふ》与《よ》されている！　何故《なぜ》だか目が離せないのだ！」

「吸血鬼《きゅうけつき》じゃあるまいし！　そんな訳ないでしょ！」

美少女3人の迫力《はくりょく》に負けて、結局4人で入浴した。体を洗いっこしたり、一緒に湯船に浸《つ》かったりと、幸せな時間を過ごした。やはりフィリアのおっぱいは凄かった……何カップあるんだろう。胸って水に浮《う》くんだよ！　ナナも良いスタイルをしているが、フィリアは別格だった……眼福でした！　異世界に来て良かった！

嬉《うれ》し恥《は》ずかしの入浴を終え、お茶を頂いた後、今度こそお屋敷を後にする。

「兄様、ありがとうございました。また明日もちゃんと来てくださいね」

「ああ、寝《ね》る前にフィリアに足の運動をしてもらうんだぞ？」

「リューク様、ナナの足の事はわたくしにお任せください」

俺の側《そば》にやってきたフィリアはそう言いながら、そっとお別れのキスをしてくれた。

「ん！……」

「アアアッ！　フィリア、あなたナナの前で何て事をするのですか！」

うわ〜！　こんな可愛い子にキスされた！　これまで、フィリアはホッペにしかキスしてくれなかったのに、本当に今日は積極的だ。

フィリアと俺のキスを見たサリエが、手を強く握《にぎ》りしめているのが目に入った。

もし、今の態度が嫉妬《しっと》だとしたら……う〜む。

第7章　スキル譲渡《じょうと》に伴《ともな》い暗殺犯をサリエに教えました

ナナに明日もくると約束を交わし、治療がうまくいったことに安堵《あんど》しながら屋敷を出た。

おっと……忘れずにこまめに暗殺者の動向確認《かくにん》をしなきゃいけない。

MAPでは暗殺者は、俺の今いる屋敷の近くに潜《ひそ》んでいるようだ。

「サリエ、転移魔法で直接西館の部屋に飛ぶね」

「ん、分かった」

人気《ひとけ》のない路地裏でサリエと手を繋《つな》いで直接部屋に【テレポ】で移動する。

「サリエ、俺の帰宅を屋敷の皆《みんな》に知らせてきてくれ。その後、今後の話を少ししようか」

「ん、了解《りょうかい》」

お茶を入れてもらい、ある案件をサリエに伝える事にした。

「サリエ、暗殺者が痺《しび》れを切らして今にも襲《おそ》ってきそうなので、サリエにも教えておくよ。教会で煽《あお》ってから数日経《た》つので、流石《さすが》に焦《じ》れてきたようだ」

「ん！　暗殺者見つけたの⁉」

「うん。実は中央区の宿屋に潜伏《せんぷく》していたみたいだ」

攻撃《こうげき》する方も、長く緊張《きんちょう》状態を維持《いじ》するとなったら、かなりの胆力《たんりょく》がいる。まして、急がなければ『何時神託《しんたく》が下って犯人だと暴露《ばくろ》されるか分からない』というプレッシャーまであるから、たまったものじゃないだろう。何せ相手は神様なのだ。

暗殺者を教える前にいくつかサリエに【スキルコピー】してあげた。

実は今回与《あた》えたスキルを使うと、サリエ自身で暗殺犯が特定できるのだ。

「サリエに今回コピーしたのでヤバイのを教えておくね。【リストア】【テレポ】【細胞治療《さいぼうちりょう》】【周辺探索《たんさく》】【詳細鑑識《しょうさいかんしき》】がヤバ系なんで説明しておく」

「ん！　凄い！　一般の魔法使いよりいっぱい！」

「【リストア】は武器を新品にしたやつね。戻《もど》す時間によってMPを多く使うから最初は少しずつ戻すように。一気にやって魔力枯渇《こかつ》でぶっ倒《たお》れないようにね。【テレポ】もMP注意だよ。【細胞治療】、これは今日ナナに使ったやつね。【ボディースキャン】【アクアフロー】とセットで使うんだけど、知識さえあればどんなものでも治せると思う。でも、人前で使うのは止《や》めておこうか。ここまでで質問ある？」

「ん、【細胞治療】の使い方が解《わか》らない」

「俺のは音声で教えてくれるけど、サリエのは【ボディースキャン】したら、魔法陣《まほうじん》の人型に出ている色（異常個所）をクリックすると、病名なんかの説明文が出るからそれの指示に従って使えばいいよ」

「ん、使ってみないと解らない」

「まぁそうだろうね。そのうち使用する機会がきたら実際使いながら教えてあげるよ。次は俺の探索魔法と鑑識魔法の合わせ技《わざ》での凄いスキルなんだけど、【周辺探索】【詳細鑑識】で大抵《たいてい》のものが解っちゃうから便利だよ」

「ん？　物や人物の鑑定もできるの？　凄い！」

「【テレポ】は、この機能で事前にマーキングしておかないと移動できないから注意ね。この部屋もマーキングしておいてね」

「ん、分かった」

「【周辺探索】を使ってみて。屋敷《やしき》の外の物陰《ものかげ》に人がいるからそれをクリックしてごらん」

『……マスター、アサシンなのですが、殺意は有るのですが、悪意はないようです。心根は悪くないようですよ……』

『そうなのか？……』

心根が悪くないと言われても……一度殺された相手だ……自分の目でよく見極めよう。

「ん！　アサシン！　犯罪履歴《りれき》に殺人、誘拐《ゆうかい》、脅迫《きょうはく》ってある！　名前も分かる！　凄い！」

「そいつが暗殺者だよ。俺のMAPでは赤点滅《てんめつ》しているけど、サリエの方はどうなってる？」

「ん、赤点滅……コイツがリューク様を殺《あや》めた暗殺者……」

サリエちゃん……凄い殺気が漏《も》れているよ……。

「サリエにも危害を加えようとしているって事だね。でも殺意は有っても悪意とかは全く無いんだよね。只《ただ》お金で雇《やと》われたってだけのようだ」

「ん、凄い！　名前や装備品まで分かる。悪意が全然なくても、リューク様に殺意を向けたのだから絶対許さない！」

守護者のサリエからすれば、理由はどうでもいいようだ。俺に仇《あだ》なす者は全《すべ》て排除《はいじょ》するだけなのだろうな。

「暗殺者が今にも襲ってきそうなので、こっちからも動かないとね。赤表示にはマーキングを入れといてね。マークを入れておくと危険域に入ったら自動的に音とMAP内表示で警告をしてくれるから、確認遅《おく》れで不意打ちを食《く》らったりする危険が減らせるよ」

スキルを与え、サリエにもこの事件の実行犯を教えた。

さっさとこんな陰鬱《いんうつ》な案件は解決して、もっと自由に異世界ライフを楽しみたい。

気になる人物が居るので、これから会いに行く。

「夕飯まで時間がかなりあるから、ちょっとセシア母様の治療に行こうと思う」

「ん、分かった」

「セシア母様、調子が悪くて実家に帰れないでまだ本邸《ほんてい》にいるようだね。近いから歩いて行こうか」

「ん、暗殺者はどうするの？　暗殺者が探索魔法を持っていたら見つかる？」

「多分持ってないよ。シールド掛《か》けとけば大丈夫《だいじょうぶ》でしょ。襲ってきたら捕縛《ほばく》するけどね」

「ん、【魔糸】と【魔枷《まかせ》】早く使いたい」

思ったとおり暗殺者はついてきていない。

「予想どおりついてきてないね」

「ん？　分かっていたの？」

「探索スキルを持っていたら、何時間も張り込みなんかして帰宅を待たないでしょ？」

「ん、リューク様頭良《い》い」

「そうだ、良いのをまた思いついた。ちょっと待っていて……【念話】という魔法を創《つく》ったのでコピーするね」

『サリエ、聞こえる?』

「ん、聞こえる!」

『ちゃんと念話で返してよ。【念話】って繋げる相手の事を思いながら無詠唱《むえいしょう》で唱えた後に、頭の中で会話するようにすれば繋がるのでやってみて』

『ん? これでいいの?』

『そうそう、ちゃんと聞こえているよ。人がいて声が出せない時にこっそりこれで話せるからね。距離《きょり》も関係ないから離《はな》れていても今後これで会話できるよ』

『ん、分かった。これ便利』

コール機能でも似たようなことができるのだが、【クリスタルプレート】を出すと魔法陣が出ちゃうしね。フレンドリストから検索する手間や、国王との謁見《えっけん》中や大事な会議や授業中などの理由でコールに出られない時の事を考えたら、緊急性のある場合にはこっちの方が便利だと思う。

＊　＊　＊

実家に戻ったら父様がすっ飛んできた。

「リューク！　どういう事だ！」

「エッ？　いきなり何事ですか？」

「惚《とぼ》けるな！　２００頭規模のコロニー討伐《とうばつ》の事だ！　たった2人で退治したと聞いたがどういう事だ！」

「ああ、その事ですか？　昨日レベル上げをしていると父様にメールで伝えましたよね？　その一環《いっかん》で今日も早朝の開門と同時にひたすら狩《か》っていたのですが、またコロニーを見つけたのでサクッと潰《つぶ》してきたのです」

「強いのは知っているが、サリエはそれほどの実力者なのか？」

「ええ、でも父様ならオークキングならまだしも、オークジェネラルの集落ごとき、1人で潰せるのではないですか？」

父様は俺が強くなっているのを知らないから、全てサリエが倒したのだと思っているようだ。その方が父様に根掘《ねほ》り葉掘り聞かれなくて済むので、都合は良いけどね。

「可能だが、私では無傷でソロ討伐は無理だ」

「サリエも2回怪我《けが》をしましたよ。俺が母様似で優秀《ゆうしゅう》なヒーラーだという事をお忘れではないですか？」

「そうであったな。でもサリエがそれほどとはなぁ……学園生のお前に付けるのが惜《お》しくなってきた。暗殺犯捕縛後は私の直臣にしたいな……」

「ん！ 嫌《いや》っ！」

「ノータイムで嫌って言われた！ しかも本当に嫌そうな声だった！ サリエ、ちょっとショックだ……」

サリエは父様にプイッってした。サリエの仕草がいちいち可愛《かわい》い！

「そうだ父様、これお裾《すそ》分《わ》けです。ナイトとプリーストのお肉です。熟成はまだですので美味《おい》しく食べるなら注意してください。今日狩った分が明日にはお肉にされるので、明日ジェネラルとスタンプボアもお持ちしますね」

「上位種か、プリーストは旨《うま》いぞ。リュークありがとう。お土産《みやげ》は嬉《うれ》しいが、くれぐれも無茶《むちゃ》はするなよ」

「はい、分かっています」

「ところで、暗殺者の方はどうなっているのだ？」

まだ父様には言わない方が良いかな……言うと怒《いか》り狂《くる》って暴走しそうだ。

「もう暫《しばら》く俺に任せてください。今、暗殺犯を罠《わな》にハメる準備中です」

「罠か……十分気を付けるのだぞ。お前が何も教えてくれないから、心配が尽《つ》きぬ……」

「父様、ごめんなさい……少しセシア母様に用があるので失礼していいですか？」

「ああ、だが今日は特に調子が良くなさそうなので、手短にするのだぞ？」

「少し回復魔法をかけておきますね。マリア母様が実家に帰っていないので、その影響《えいきょう》が大きいのでしょう」

「そうだな、何時《いつ》もはマリアが回復してくれていたからな。ではよろしく頼《たの》む」

セシア母様の部屋をノックして中に入ったのだが、死臭《ししゅう》がする。俺の【嗅覚鑑識《きゅうかくかんしき》】に引っかかったのだ。

「リューク、よく来てくれました。元気そうな顔を見せてくれたので安心しましたよ。こっちにきてもっとよく顔を見せてくださいな」

「セシア母様はあまり調子良くなさそうですね？」

「今日はいつにも増して体が重く感じます。でもリュークが来てくれたので随分《ずいぶん》良くなりました。リュークはいつも優《やさ》しい笑顔《えがお》をしていますから大好きですよ。ああ、本当に生きていてくれて嬉しいわ……病気の私なんかより先に死んではなりませんよ……」

俺が訪ねてきたことを本当に嬉しそうに喜んでくれている。

「セシア母様、今日は俺のオリジナル魔法を試《ため》させてください」

「試すとはどういう事かしら？」

「俺が水系回復と聖魔法の回復が得意なのはご存じですよね？」

「ええ、マリアは水系ヒーラーで有名だけど、リュークは水と聖属性の2系統の回復魔法が使える希少なヒーラーですもの、カインとはまた違《ちが》う立派な職業につけますよ」

「では、ヒーラーとして今日はセシア母様の治療をさせてください」

セシア母様はにっこりと優しい笑みを俺に見せてくれた。

「立派になって嬉しいですよ。ではお願いします。あら？　その子は学園用に侍女《じじょ》になった娘《こ》ね？」

「あ、すみません。紹介《しょうかい》が遅れました。子爵《ししゃく》家の娘のサリエだよ」

「ん、サリエ・E・ウォーレル。ウォーレル家の娘《むすめ》です」

「ふふふ、可愛い子ね。サリエ、リュークの事よろしくね」

「ん、任された。セシア様、診察《しんさつ》の為《ため》に服を脱《ぬ》ぐの手伝うね」

「えっ？　全部脱ぐのですか？　いくら愛《いと》しいリュークでもちょっと恥《は》ずかしいわ」

恥じらう姿が可愛過ぎる！

いくら病気でやつれたといっても、見た目は25、26歳の美人にしか見えない可憐《かれん》な人だ。父様に嫉妬《しっと》しそうだ。

「そうだ、今回サリエがやってみて」

「ん、いいの？」

「勿論《もちろん》、側《そば》でちゃんとできているか見ていてあげるので安心して。俺も可愛いセシア母様に触《ふ》れるのは照れ臭《くさ》いからね。サリエがまずやってみてごらん」

「ん、やってみる。【ボディースキャン】、わ！　リューク様、これ見て！」

「サリエ、今のダメだよ。患者《かんじゃ》が不安になってしまうような言動はしちゃダメだ」

「ん、配慮《はいりょ》が足らなかった、セシア様ごめんなさい」

「完璧《かんぺき》に治せるから問題ないけどね【ボディースキャン】、うわー！　こりゃダメだ！」

「ん！　リューク様の方が酷《ひど》い！」

「ありゃ、そりゃ失礼……」

「クスクス、2人ともお似合いね。学園生活もその調子で楽しむのよ」

セシア母様は、もう余命が少ない事が解《わか》るほど体に自覚症状《しょうじょう》が出ているのだろう。

「セシア母様、余命があまり無い事を解っているのですね？」

「あら？　リュークは優しいから大丈夫ですよとか言ってごまかすかと思っていたわ」

「ふふふ！　治せるのですよ！　何もしなければセシア母様は死んじゃいますが、俺のオリジナル魔法は凄《すご》いのです。任せてください」

「……本当に治るのです？　マリアですら治せないのよ？」

「治します！　治らないならとっくに泣いちゃっていますよ、知っているでしょ？」

「そうね、リュークは泣き虫さんですからね」

「サリエ、引き続きやってみて」

「ん、【アクアフロー】【細胞治療《さいぼうちりょう》】、まず、心臓から……」

「セシア母様、俺が説明しながら進めますね。この魔法陣《まほうじん》の上に表示されている人型が母様です。そして赤い表示部が命に係わる箇所《かしょ》です。赤に近い色ほど危険度が増します」

「じゃあ、この一番赤いところが私の命を奪《うば》う病気なのね」

「そうです、上から順番に治していきましょう。頭のこの赤めのピンクの部分は頭の中に小さなしこりができる病です。赤くないので命に別状はないですが、興奮時やお酒などを飲んだら頭痛がしたりしませんでしたか？」

「ええ、時々軽い頭痛がしました」

「このしこりはですね、あ、ここに丁度分かりやすいものができていますので、それで説明しますね。この右胸の上に赤い表示があるでしょう？　頭の中にできているものと大体同じものと考えてください。ちょっと触《さわ》りますよ……ほら、胸のここにしこりがあるのが分かりますか？　自分で触ってみてください」

「小指の先くらいのしこりがあります。これの事ですか？」

「そうです。それが悪い病気の元です。母様はそのしこりが体にできやすい体質のようですね」

「ん、頭に3か所あった小さなヤツが無くなった。次は目？」

「若年性の軽度な老眼だね。それも治してあげて。目も良くしておきますね」

「ん、次は胸……」

「さっきの胸のしこりを消しますね。ちょっと時間がかかるかもです」

「ん……消えない！」

「サリエはこれ（癌《がん》）がどういうものか理解できてないから、大きいものは厳しいのかな。ここは俺がやるね……ホイ消えた。次はいよいよ母様の死の原因の場所だね。ここは肝臓《かんぞう》だね……細胞レベルで分解、そして再構築。よし、いいかな……お腹《なか》はなんだろうね……子供ができないのはこれのせいか」

「リューク！　子供ができない原因が分かるのですか？」

「ええ、特定できました。母様はまだ若いので、子供を産む事も十分可能ですよ？　赤ちゃん欲しくないですか？」

「若いって、もう35歳よ。でも赤ちゃん欲しいけど……リュークはどう思いますか？」

「ええ、弟か妹がもう1人欲しいですね。希望を言えばナナのような可愛い妹がもう1人欲しいかな」

「私の赤ちゃんができないのも治せるのですか？」

「治せます。治しておきますから、この後、父様と話し合ってください」

「ええ、嬉しいわ。私に赤ちゃんが……」

「男の子でも女の子でも、セシア母様に似たら可愛いでしょうね。今から楽しみです」

セシア母様は、子供ができない事をずっと気に病《や》んでいた。貴族の側室とは子をなすために嫁《とつ》いだようなものだ。それなのに子供ができない。陰《かげ》で色々噂《うわさ》されているのも知っているようで、長年母様はずっと思い悩《なや》んでいたのだ。

「ん、リューク様凄い！　悪いところ全部無くなった！」

「じゃあ母様俯《うつむ》けになってください。後はサリエよろしく」

「ん、任せて！」

「ひゃぁ！　何ですかこれ！　気持ち良いです！　サリエ、凄く気持ち良いですよ！」

「ん、任せて！　ここが真っ黒！　エイッ！」

「ひゃぁ！　イタ気持ちいいです！　この子うちの子にしたい！」

この人本当に35歳か⁉　儚《はかな》げで可憐で美しい人だ……見た目25、26歳の美人さんが全裸《ぜんら》で俺の目の前で身悶《みもだ》えている。サリエのマッサージは凄く気持ちいいからね。

「はぁ～ん♪　ひゃう！　あっん♪」

セシアさん……ちょっと子供に見せてはダメな人になっていますよ。

『ナビー。セシアさんの治療だけど、あと何回くらいかかると思う？』

『……今回で終了《しゅうりょう》です。ナナの神経系と違って、癌は分解除去すれば完治ですからね。その辺は現代医術と同じです。【細胞治療】のスキルはなかなかの良スキルです』

アリア様が俺なら現代知識で色々できると言っていたのはこういう事か……納得《なっとく》だ。魔《ま》法《ほう》と科学と現代医学の併用《へいよう》は色々な可能性があるな……発想次第《しだい》で楽しめそうだ。

「ん、黒いのもなくなった。リューク様確認《かくにん》してみて」

「どれどれ……うん、完璧だ。サリエありがとう。母様、治療が終わりました。起きて服を着て良いですよ。気分はどうです？」

「この数年間の中で一番調子がいいです！　生き返った気分です。リューク、サリエ、本当にありがとう」

「それは良かったです！　明日ナナの足をもう一度治療しますので、母様の事は伝えておきますね。母様は体力が落ちていますので、精の付くものを沢山《たくさん》食べて、もう2、3日は静養してください」

「分かりました。さっきの言い方だと、ひょっとしてナナの足も治せたのですか？」

「後何回か治療が必要ですが、治せます。母様のより厄介《やっかい》なのです」

「それでも治るのですね？　良かった！」

少し雑談をした後、切り上げる。

「俺は用があるのでこれで帰りますね」

「リューク、帰る前にギュッと抱《だ》かせてください。今日はありがとう……」

綺麗《きれい》なお姉さんに抱かれて、頭をナデナデしながら泣かれてしまいました。

＊＊＊

「サリエ、色々今日は疲《つか》れたので、今からお風呂《ふろ》の準備をお願い」

「ん？　リューク様、お風呂また入るの？」

「お風呂は大好きだからね。それに俺が入らないと使用人たちが入れないでしょ？」

「ん、分かった。使用人の事まで考えている優しいリューク様は大好き！」

サリエは照れながら大好きと言って、お風呂の準備をするために走り去った……可愛《かわい》い。

入浴後にサリエの髪《かみ》を乾《かわ》かしてあげ、しっかり顔を拝ませてもらう。櫛《くし》を入れる度《たび》に目を細めて気持ち良さそうにするサリエは妖精《ようせい》さんだ。

「サリエ、明日の予定だけど、午前中にナナの所へ足の治療に行く。その後少し街を見て買い物をしようと思う。それから昼食を摂《と》ってギルドに行こうと考えている……その間にどこかで暗殺者が襲《おそ》ってくるかもしれないので、もし襲ってきたら【魔糸】と【魔枷《まかせ》】で拘束《こうそく》して父様に引き渡《わた》すつもりだ」

「ん、分かった。襲ってくるかな？」

「どうだろう……暗殺者の行動を見る限り、長時間屋敷《やしき》の外で張り付いて結構焦《じ》れている感じだし、向こうも何時《いつ》までも様子見だけって訳にもいかないだろう。暗殺者が襲ってきたら、捕《と》らえて暗殺命令を出したヤツの事を聞き出そう」

「ん、分かった」

「サリエが暗殺者を捕《つか》まえるんだよ。【魔糸】は【魔力操作】が上手《うま》くできれば色々できるから、暇《ひま》なときは動かす練習をしておいてね」

「ん、私が捕《つか》まえていいの？　リューク様のお手柄《てがら》にしないの？」

実力的には俺でも捕らえられると踏《ふ》んでの発言かな？

「サリエが捕らえたほうが後々良いからね。サリエは戦闘《せんとう》系従者として皆《みんな》にも認めてもらえるし、サリエの養父もサリエが活躍《かつやく》すれば主家に顔も立つからね」

「ん、解った！　頑張《がんば》る！」

養父の顔が立つと言ったらサリエの目の色が変わった。恩返しがしたいのだろうね。

「あんまり気張りすぎて、殺しちゃダメだよ？　自害もあり得るから、毒を飲んだりさせないように。即死《そくし》級の毒でもない限りは、解毒《げどく》するからそうそう死なせないけどね」

第8章　ナナの足が完治しました

【異世界生活4日目】

翌朝、サリエとナナのいる屋敷に向かった。

今日は午後から雨になりそうなどんよりした天気だ。

「兄様、サリエちゃん、おはようございます」

「リューク様、サリエちゃん、おはようございます」

「ああ、おはよう。ナナ、足の具合はどうだ？」

「はい、昨晩フィリアに動かすのを手伝ってもらいながらちゃんと練習しました。見てください！　昨日よりスムーズに動きますよ！」

足が動くようになったのが凄《すご》く嬉《うれ》しいようだ。

「それは上々、早速《さっそく》だけど治療しようか。サリエ脱《ぬ》ぐのを手伝ってあげて」

そうサリエに言ったのだが、ナナは既《すで》に自分で脱ぎ始めていた。足が動くようになる治療が待ちどおしいようだ。

　だが、昨日も一緒《いっしょ》にお風呂に入ったくせに、俺の前で裸《はだか》になるのは恥《は》ずかしいようで、ナナの顔が少し赤くなっている……やっぱ可愛いな……。

　神経網《もう》が理解できないサリエには治療できないようなので、全《すべ》て俺が行った。

「兄様、気持ち良いです……あんっ……」

　ナナ……変な声を出すのは止《や》めてくれないかな！　俺に指圧されてとても幸せそうな顔で俺を見つめてくるのだ。この可愛い妹は好き好きオーラを全く隠《かく》そうとしない。

　1時間ほどかけて、治療とリハビリを兼《か》ねたマッサージを念入りに行った。

「ナナ、一通り動くようになったね。最後に少し立ってみようか？」

「え⁉　良いのですか？」

「もう足自体はほぼ完治したからね。ただ、今までずっと足を使っていなかったから、ナナは筋力が殆《ほとん》ど無い。なので、今日から少しずつ筋力の増量と増強をしないといけない。鍛《きた》えて、食べて、寝《ね》る事によって筋肉は少しずつ付くけど、一度で急に付くことはないから、ここからはナナの努力次第だよ」

　ナナは俺の手を両手でとって対面で立ち上がった。生まれたての小鹿《こじか》のようにプルプル震《ふる》えて可愛い。

『ナナが立った！』つい嬉しくて有名なアルプスの乙女《おとめ》の名言を叫《さけ》びそうになった。

「フィリア、右側から支えてあげて、俺は左側を支える」

「はい、リューク様」

左足を引きずりながら、10歩ほど歩けた。

「兄様！　歩けました！」

「おめでとう！　筋力が付けば足も引きずらなくなるからね」

ナナは涙目《なみだめ》で花が咲《さ》いたような笑顔《えがお》を俺に向けてくる。

「あまり無理してもいけないから、ベッドに戻《もど》ろうか？」

今日はこの後色々予定が有るので長居はできない。

「兄様、歩けるようになって嬉しいです！　またお願いしますね♪」

「ああ、ちゃんと人並みに歩けるようになるまでは任せておけ」

「ところで兄様？　暗殺者はまだ捕まらないのですか？　ナナは凄く心配です……」

「リューク様、また暗殺者に殺されて死んじゃったりしませんよね？」

「ああ、これ以上フィリアに悲しい思いはさせないよ。直《す》ぐにサリエと解決するから、心配しないで待機していてね」

2人はサリエに俺の護衛をよろしくと、凄いプレッシャーをかけていたが、仕方ないか。

＊＊＊

昼食はサリエお勧《すす》めの小さな食堂に行った。変わったものを出すとかで行ってみたのだが、蛙《かえる》の肉やワニの肉を扱《あつか》ったゲテモノ専門店だった。蛙の食感としては鳥7：豚《ぶた》2：魚1といった感じかな……凄く美味《おい》しく、異世界らしい貴重な体験ができた。昆虫《こんちゅう》系はちょっと食べる気はしなかったけどね。サリエのおかげでレアな昼食も終え、ギルドに向かう。

「昨日依頼《いらい》したお肉はできていますか？」

「はい、ジェネラル、プリースト、猪《いのしし》、兎《うさぎ》は準備できています」

「その分は持ち帰りますが、残りは売ります。カードに入金してくれればいいです」

「今回リューク様のおかげで、街のお肉が潤《うるお》いました。またよろしくお願いします」

宝石やジェネラルが持っていた剣《けん》は売らずに所持している。剣は売るには勿体《もったい》ないほどの良い品だ。そのうち今使っているものと持ち替《か》えるつもりだ。お肉はギルドの方で『沢山売って頂いたお礼に』とサービスで教会と俺の実家に配達してくれるそうだ。

1時間ほどギルドで時間を使ったが、さて……暗殺犯はどうしているかな？

MAPで確認すると、暗殺者は西館近くの林で俺を待ち伏《ぶ》せしているようだ。潜《ひそ》んでいる位置的に、間違《まちが》いなくこの後仕掛《しか》けてくる気なのだろう。

約束通り、心配性《しょう》な父様とラエルに『今から西館に帰宅する』と行動予定のメールを入れて、少し早いが帰ることにする。

さぁ、暗殺者との対決だ。気合いを入れるとしましょうか。

第9章　暗殺者を捕《つか》まえましたが殺すのは惜《お》しいです

これからサリエと暗殺者と対峙《たいじ》するわけだが、サリエの状況《じょうきょう》判断がどれくらいのものか知っておきたい。

「サリエ、今から家に帰るが、サリエはどう行動する？」

「ん、自分の武装の確認《かくにん》と、対戦前に各種パッシブ魔法をしっかり張る事？」

「大体いいけど、折角相手の事まで分かるスキルがあるのだから、【詳細鑑識《しょうさいかんしき》】を使って相手のレベルとか、武装から敵がどういう攻撃《こうげき》をしてくるとか、色々予想ができるでしょ？　事前に知っていることで暗器などの不意打ち気味な攻撃はほぼ無効化できるから、勝率を少しでも上げるためにできる事は対戦前にやっておかないとね」

「ん、分かった。後、何かある？」

「殺さず、必ず生け捕《ど》りにするんだよ？」

「ん、今なら余裕《よゆう》。【身体強化】レベル10はもう人間辞《や》めちゃった域」

サリエが『人間辞めちゃった』と言うとおり【身体強化】は努力したからといってそう

簡単に上がるものではないのだ。レベル5まではなんとか頑張れば上がるが、それ以上は努力だけでは上がらない。【身体強化】というものは全てが上がるから、レベルが1つ上がるだけでもかなり美味しいパッシブ効果が得られる。普通《ふつう》は腕立《うでた》てをすれば【腕力《わんりょく》強化】や【筋力強化】が上がる。同じように足を鍛えれば【脚力《きゃくりょく》強化】や【俊足《しゅんそく》】【瞬歩《しゅんぽ》】などのスキルを得られたりする。だが【身体強化】は視力や聴力《ちょうりょく》などの五感まで強化されるのだ。五感はそうそう努力で上がるものではない。努力で上がるのがレベル5までというのも納得《なっとく》できる。触《さわ》った感じは同じなのに皮膚《ひふ》や骨も強化されるため、脚力が上がってその衝撃《しょうげき》で骨折することもない。

「確かに【身体強化】と【マジックシールド】があればそう簡単にやられることはないけどね。油断大敵とも言うし、負けるとしたら油断からくるものだと思うよ」

「ん、自分だけならともかく、リューク様が居るのに油断は絶対しない」

サリエは護衛としても侍女《じじょ》としても優秀《ゆうしゅう》だよな。大人しいのも好感が持てるし、なによりちっこ可愛《かわい》いのが良い。

「準備はいいようだね？　じゃあ抜《ぬ》けがないか最終確認するね。一番気を付けることは？」

「ん、殺さないこと？」

「いやいや、もう捕まえるのは前提みたいに言っているけど、俺が言っているのは自分たちが殺されないように注意しないといけないのは何かって事だからね？」

「ん、初撃にくるだろう吹《ふ》き矢の毒。針と投げナイフの毒も可能性が有るので注意」

「その毒って危険なの？」

「ん、即死《そくし》級の毒を塗《ぬ》っている。お昼食べた蛙の毒」

「え？　お昼のあの蛙？」

「ん、デスケロッグって蛙の雄《おす》の舌には即死級の毒があるの。超《ちょう》危険！」

「即死級って……俺が持っている中級解毒《げどく》魔法で回復できるの？」

「ん、できない。私が上級解毒剤《ざい》を３本持っている」

「そういう事はちゃんと事前に言ってよ。俺、持ってないから、もしサリエが毒にやられたらヤバかったでしょ」

「ん、持っていると思ってた……」

「勿論《もちろん》持っていたけど、俺は一度死んだ時に【亜《あ》空間倉庫】の中の物はぶちまけているから、今、たいして良いものは入って無いんだよ。毒を使う暗殺者に狙《ねら》われているのだから、さっき買い物した時に買っておくべきだったね。大事な事なのにうっかりしていた……」

「ん、そうだった。これ渡《わた》しておくね」

サリエは上級解毒剤２本と上級回復剤３本、上級魔力《まりょく》回復剤１本を渡してきた。

「良いのを持っているね」

「ん、魔力回復剤は1本しか持ってない。リューク様にスキルをコピーしてもらうまで私には必要なかったから」

本来サリエはハーフエルフなので魔力の扱いは得意なはずだが、養父が剣バカだったため剣の方に偏《かたよ》ってしまって、生活魔法しか習得できていなかった。当然魔力回復剤は自分の為《ため》というより、俺の手持ちが無くなった時の保険のために携帯《けいたい》していたのだろう。優秀な侍女だ。

敵がこっちを目視できない距離《きょり》で各種パッシブスキルを張っておく。

林の中にある整備された小道を通り、敵の前を横切る……まだ攻撃してこない。

敵も上手《うま》く隠《かく》れている……直視しないように気を付けてはいるが、MAPで居る場所は分かっているのに目視で確認できないでいる。姿を確認できないまま直ぐ横を通り過ぎ、10mほど過ぎたあたりで斜《なな》め後方から吹き矢を放ってきた。

俺ではなくサリエにだ！

サリエは素早《すばや》く剣を抜き、その毒矢を弾《はじ》き落としてから一気に暗殺者との間合いを詰《つ》めた。暗殺者は躱《かわ》されると思っていなかったのか、ぎょっとした素振《そぶ》りを見せたが、すぐさま第二矢を今度は俺に放ってきた。最悪俺だけでも仕留めようとしたのだろうが、俺はそれを難なく躱す。その頃《ころ》にはサリエが間合いを詰めていたが、敵も直ぐ剣を抜きサリエに切りかかった。二撃三撃激しく剣を交え火花が弾ける。

暗殺者はかなりの手練《てだ》れだが【身体強化】と【腕力強化】で差が出ている。仮に逃走《とうそう》を図《はか》っても、【俊足】もレベル10なのでサリエが捕《と》り逃《に》がすこともない。しかも既《すで》にサリエはこっそり【魔糸】を放っている。魔力察知の低い暗殺者は、サリエの剣をあしらうので必死で、細い魔力の糸に全く気づいていないようだ。

全部サリエに任せるつもりだったが、予定変更《へんこう》だ。【無詠唱《むえいしょう》】で中級魔法の【サンダラスピア】レベル3を死角から当たるように放った。威力《いりょく》は死なないように抑《おさ》えてある。

光速の雷《かみなり》系魔法を無詠唱で放たれたのだ。躱せるはずもなく、食《く》らった後に【麻痺《まひ》】が発生する。その一瞬でサリエが【魔糸】で腕を縛《しば》り上げ【魔枷《まかせ》】を両手両足に嵌《は》めて完全に身動きを封《ふう》じる。

「サリエ、すぐに武装解除だ！」

鑑識魔法で敵の所持品は確認できるため、武装は完全に剝《は》いだ。【亜空間倉庫】にまだ色々入っているが、【魔枷】で魔力そのものを散らして封じているために敵は何もできない状態だ。成程《なるほど》、林の景色に溶《と》け込むために、深緑色の衣装《いしょう》を全身に纏《まと》っていた。まるで忍《しの》び装束だ。

覆面《ふくめん》を取ったそいつの顔を見て驚《おどろ》いた……か、可愛《かわい》い！
暗殺者は17歳ぐらいの猫《ねこ》のような印象を持つ可愛い小柄《こがら》な女の子だった。身長150cm、体重40kgほどかな。髪型《かみがた》は明るめの栗色《くりいろ》の髪を後ろに1つにまとめている。肩《かた》より少し長い程度だ。

近接向きではない小柄な体型だから、吹き矢などの毒を使うのかもしれない。

サリエにあれほどステータス確認をしろと言っておきながら、確認不足だった。サリエはちゃんと女だと知っていたようで驚きもしなかった……俺も反省しなきゃだね。

俺も【魔糸】を伸《の》ばし、ドレインでMPを気絶寸前まで吸い取る。

気絶させたら尋問《じんもん》できないのでギリギリで止めておく。

「ん！　私が全部やりたかった！」

「ごめんごめん。ちょっと状況が変わったのでね」

「ん、どういう事？」

「こいつ、俺を先に攻撃しないで、サリエをまず仕留めにきただろう？　中々頭も良いようだな」

「ん？　……あ、そうか……どうしよう？」

サリエも皆《みな》まで言わずとも自分で気付いたようだ。どういう事か……俺ではなくサリエを襲《おそ》ったのだという逃げ道ができたのだ。

俺の情報はおそらくかなり詳細《しょうさい》に依頼者から伝わっているはずだ。なにせ公爵《こうしゃく》家の御子《ごし》息《そく》様だからね、貴族では知らない方が変な目で見られるくらい有名だ。

俺はいつでも殺せるが、サリエが予想以上に手練れだと、俺を殺した後の逃走時に厄介《やっかい》な敵になる。吹き矢での不意打ちならサリエ相手でも為損《しそん》じないと思っていたのだろう。

実際吹き矢を放った時も、殆《ほとん》ど殺気を漏《も》らさずこいつは攻撃してのけた。MAPで事前に分かっていなかったら、サリエでも殺されていたかもしれないレベルだ。

警戒《けいかい》の甘い初撃で手練れのサリエを先に仕留め、その後俺はどうにでも料理できる。万が一失敗してもサリエを狙ったものだととぼけて、依頼《いらい》者を第三者に擦《なす》り付けて庇《かば》う事ができる。依頼者の名をサリエのライバルであろう執事《しつじ》の家にでも擦り付けられたら厄介だ。自分は死んでも依頼主に影響《えいきょう》が及《およ》ばないように計算されている行動だ……大した奴《やつ》だ。

うーん、殺すには惜しい人材だよな。

鑑識魔法で調べると、犯罪履歴《りれき》に殺人、誘拐《ゆうかい》、脅迫《きょうはく》と３つある。年齢《ねんれい》も見た目どおり17歳だった……俺と大差ない。

『ナビー、こいつは子供も殺すか？』

『……15歳のマスターやサリエを子供とするなら殺しますね』

『そうか……』

『……マスターの意図している事を考えての情報でしたら、基本子供は殺しません。窃盗《せっとう》、詐欺《さぎ》のような事もしませんし、弱い立場の者を虐《しいた》げるような事はしないようです。単に貴族が嫌《きら》いなようで、マスターは貴族でも上位に位置しますから子供ですが対象になったようですね』

『善か悪かでいえば、悪だよな？』

『……当たり前じゃないですか。暗殺者ですよ。ですが14歳のジェシルという妹の治療費《ちりょう》を稼《かせ》ぐのが目的のようですね。両親は子供の頃に彼女を庇って、目の前で貴族に切り殺されたようです。人の多い表通りで軽くぶつかっただけなのに……その後にも貴族と一悶《ひともん》着《ちゃく》有って、貴族専門の暗殺を行っているようです』

「サリエ、父様に引き渡す前にちょっとそいつと話がしてみたい」

「ん、分かった。でも気を付けて」

「君はこれから父様に引き渡し拷問《ごうもん》されるわけだけど、もう生を諦《あきら》めているでしょ？」


当然やり過ぎの貴族にも罪状は付いたが、罰金《ばっきん》を払《はら》って直《す》ぐに釈放《しゃくほう》されたらしい。

まぁ、当然のように無言だ。おそらく死ぬまで一切《いっさい》口を開くことはないだろう。

「領主だけあって、うちには嘘《うそ》を見抜《みぬ》くスキルや自白を強要するスキル持ちもいるんだよ。苦しむ前に話す気にならない？」

「ん、リューク様、何言っても時間の無駄《むだ》。さっさとゼノ様に引き渡した方がいい」

「それでも良《い》いんだけどね。このジュエルちゃん、思っていたより優秀だから、このまま引き渡して暗殺犯として殺されるのは惜《お》しいので、俺が身を預かろうかなと思って」

本名を言われてギョッとした顔をしている。当然だ……暗殺者は偽名《ぎめい》を使って普段《ふだん》活動しているのだ。裏稼業《かぎょう》の彼女の本名を知っている人なんていないといってもいいくらいなのだ。なぜ自分の本名を俺が知っているのか不思議で仕方がないようだ。

「バナム村のジュエルちゃん、悪いようにしないから、君の雇《やと》い主の事を教えてくれないかな？」

「な、何で私の出身地や本名を知っている？」

「やっと口を開いてくれたね。君の事は何でも知っているよ。君がいつどこで生まれて、君の両親が貴族によって君を庇って殺された事も、妹の病気を治すために沢山《たくさん》お金が必要で、貴族専門のアサシンをやっていることもね」

「い、妹は関係ない！　クッ、早く私を殺せ！」

エッ⁉ この娘《こ》、クッコロ系なの？

「公爵家の者を暗殺しようとしたのだよ。当然犯人の直系親族も、王族に仇《あだ》なす大罪人の家族として見せしめに連帯責任で処刑《しょけい》になるよね？ まだ幼い14歳の何も悪くないジェシルちゃんが殺されるのは見たくないな……」

「クッ！ ジェシルの名まで！ 妹は関係ない！ 全部話すから、妹だけは見逃《みのが》して！」

「君が死ねば妹さんは生きていけないのでは？ 病弱な妹さんじゃ、まともな仕事はできないしね。手持ち金が無くなった時点で、生活できなくなるよ？」

「妹だけは助けて！ お願い！ 妹だけは！」

「ジュエルは俺の母様が有名な回復師だって知っているよね？ 内緒《ないしょ》だけど実は俺も母様以上のヒーラーだよ。君の妹の病気が治せるぐらいのね」

「治せるの⁉ 王都の枢機卿《すうききょう》クラスでもないと治せないと言われたのよ？」

苦労してそうな娘だけど、妹の為だとしても人殺しは良くない。

「俺は王都の教皇様以上のスキル持ちだよ。オリジナル魔法だけど、治せない病気は多分ないね」

「何でもしゃべる！ 何でもする！ 妹を助けてくれるなら、悪魔と契約《けいやく》してもいい！ 私の拠《よ》り所はたった1人の肉親の妹しかいないんだ！ お願い！ 妹を助けて！」

「いいよ……でも君が俺のために働くのと、今後一切犯罪行為《こうい》をしない事が条件だ」

「専属であなたに付けという事？」

「うん。何か有った時には護衛を頼《たの》もうかと思っている」

「護衛？　妹を救ってやるから、あなたの敵対者を殺せとかいうのではないのか？」

「君は俺を何だと思っているんだよ。それじゃ、俺の方が悪人みたいじゃないか」

「ん、結局リューク様はこいつをどうしたいの？」

黙《だま》って聞いていたサリエが焦《じ》れて俺に尋《たず》ねてきた。

「俺の下で働いてもらいたい。勿論《もちろん》妹は救ってあげるよ……ジュエル、どうかな？」

こんな可愛い娘を殺すのは俺的に容認《ようにん》できない。俺の強化された嗅覚《きゅうかく》では、この娘からとても良い匂《にお》いがしているのだ……つまり心根は妹想《おも》いの優《やさ》しい娘なのだと思う。

17歳という年齢を考えれば、暗殺業はそれほど長くないはずだ。今ならまだ改心できると思うんだよね……手元においてハーレム化の候補にしよう！

『……自分を一度殺した相手を……マスターは豪胆《ごうたん》な人ですね……』

「妹を助けてもらえるのなら何でもする！　元々今回の捕縛《ほばく》で私の命はもう無いのだ。一生仕えろと言うなら、一生かけて恩を返す。だから妹を助けて！」

「了解《りょうかい》だ。妹の事は俺に任せろ。まぁ一生とか鬼畜《きちく》なことは言わないから安心しろ」

「ええ……本当に妹が助かるなら何でも言う事を聞くわ！」

「ん、私はこんな女反対！　いつ裏切って暗殺してくるか……凄《すご》く危険！」

サリエ……まさか、使えそうな可愛い彼女に嫉妬《しっと》とかしていないよね？

「サリエの言い分も分かるけどね……早速《さっそく》だけど君に依頼した奴の事を教えてもらえるかな？」

「それを言って、あなたは本当に妹を助けてくれるのか？」

「ん！　捕縛された お前に選択《せんたく》の余地はない！　言わないなら拷問にかけられて、妹も処刑されるだけ！　そんなの馬鹿《ばか》でも分かる事！」

「クッ！　確かに……私の依頼人はゲシュト伯爵《はくしゃく》家の御当主だ。だが、主犯はフォラル公爵家のラエルだ……」

「ん？　ラエル様？」

「嘘を言うな！　ラエルが犯人な訳ないだろう！」

「妹の命を助けてもらおうとしているのに、今更《いまさら》嘘をついて反感を買うような事をする訳がないだろう？」

「でも……ラエルは幼馴染《おさななじみ》で……俺なんかよりずっと優秀《ゆうしゅう》な奴なんだ……」

「そこが理由なんじゃないか？　……ラエルは、あなたの婚約《こんやく》者のフィリア嬢《じょう》の事が好きなようで、お前に凄い嫉妬心を抱《いだ》いていたようだよ。殺したいほどのね」

フィリアの事を！　心当たりは有る……でも、殺したいほど？

『ナビー！　どうなんだ？　こいつの言っている事は本当か？』

『……はい、真実です。ラエルは幼少時より同い年のマスターとよく比較《ひかく》されていたようで、全《すべ》てに於《お》いてマスターより勝《まさ》っているとずっと優越感《ゆうえつかん》を抱いていました。なのに可愛いフィリアの事だけはマスターに及ばず、恋心《こいごころ》からいつしかマスターに強い憎《にく》しみを持つようにまでなってきたようです』

ショックだ……自分が全く気付かなかった事が、何より腹立たしい。

『ナビー、お前、最初から知っていたのだろう？　何故《なぜ》教えてくれなかった！』

『……ナビーが全て教えてしまっては、マスターの為《ため》にならないと判断しました。最初から答えが解《わか》っているクイズが楽しいとは思えません。それに【周辺探索《たんさく》】のレベルを上げれば直ぐに発見できたことです。遠からずレベルを上げて解決すると思っていましたので、あえて知らせませんでした。マスターやお仲間に危険があるなら即座《そくざ》にお知らせしますが、そうでない場合は極力ご自身で事に当たった方が良いかと具申いたします』

ナビー頼《だよ》りで【周辺探索】のレベル上げを後にしたのがそもそものミスだったようだ。

「はぁ……ラエルの事は心当たりが有る。ジュエルにはラエル捕縛にも協力してもらう」

「分かった……もう一度お願いする。妹の事は見逃してほしい」

ジュエルはきっと役に立つと思う。今回の事も有る。どんな理由で暗殺者を差し向けられて狙《ねら》われるか分からないのだ……今のうちに優秀な手駒《てごま》を増やしておきたい。

某有名時代劇にはお風呂が大好きなお姉さんのような存在が居たので悪党退治も実にスムーズに行えていたのだ。テレビの話だろ！　とか突《つ》っ込む奴はバカだ！　あのお姉さんの凄さを知らないとは……お色気担当も兼《か》ねているのだぞ！

冗談《じょうだん》はさておき、ジュエルには、そんな存在になってもらう。

あの優秀なお姉さんも、最初は暗殺者だったんだよ？

ジュエルに早速働いてもらう事にする。折角ハーレム状態の異世界にきているのだ。こんな事件さっさと終わらせてフィリアたちともっとイチャイチャしたい。

『ナビー、ジュエルの妹が今どこにいるか分かるか？』

『……ジュエルが泊《と》まっている宿屋にいるようですね。態々《わざわざ》他人として違《ちが》う部屋を借りているようです。妹にも2部屋借りているのを知らせていないようですね』

『当然暗殺者なのも知らないよな？』

『……妹は姉の事を冒険者《ぼうけんしゃ》だと思っているようです。妹の方には勿論犯罪歴はありません』

「ジュエル、お前にさっそく一仕事してもらうが、今からお前の妹を治してやろう」

「これから？　仕事をする前に治してくれるのか？　なぜ？」

「何かをしても本当に治してくれるかどうか分からないのじゃ、君も不安だろ？　先に妹を治してもらった方がお前も俺を信じるだろ？　俺は君を妹で縛《しば》るのではなく、妹で君の忠誠を勝ち取りたいのだ」

「随分《ずいぶん》本心をぶっちゃけるな……治してもらって、私が妹を連れて逃《に》げるとかは考えないのか？」

「ジェシルちゃんを連れて、中央区の宿屋から逃げるのか？」

「クッ！　宿屋にいるのまで既《すで》に分かっているのか」

「俺の下で安定した収入を得て、低リスクで姉妹ともに幸せに暮らせば良いと思う。普段は冒険者として暮らすと良いだろう。俺に何かあった時だけ護衛してくれればいい」

「ん、殺人者を雇うのは危険、私は反対！」

「サリエの言い分は間違いないよ。こいつはどう言いつくろっても暗殺者だ。妹の為とかそんな言い訳通用しない。だけど、こいつは口も堅《かた》いし頭も良い。個人香《こう》を嗅《か》いでごらん。凄く良い匂いがするから、多分心根は良いやつなんだよ……」

「ん、本当だ……暗殺者なのに……分かった、リューク様がそこまで言うなら従う」

サリエは不満全開で了承《りょうしょう》してくれた。

「あくまでジュエルは問題が起きた時の俺の護衛なんだ。普段は好きな仕事をやっていればいい」

「ん、分かった。リューク様に任せる」

ジュエルは黙って俺たちの話を聞いていたが、どうしても気になったのか俺に聞いてきた。

「ねぇ？　あんた、本当に今から先に妹を治療してくれるのか？」

「ん、リューク様が今からお前の雇い主！　今後はリューク様と呼ぶように！　『あんた』とか『お前』とか不敬罪にあたるような汚《きたな》い言葉を今度言ったら、許さない！　敬語で話せ！」

「サリエ……正論だけど、まんま君に返すよ……」

「解りました。リューク様、今後は雇用主《こよう》として敬って接するようにいたします」

「へー、サリエよりしっかり敬語を使えるんじゃないか？」

「ん！　私、こいつ嫌《きら》い！」

「サリエも変なところで対抗《たいこう》意識を出さない。とりあえず、ジュエルに一仕事してもらう」

「私は何をすれば宜《よろ》しいのでしょう？」

「そう警戒《けいかい》しなくていいよ。さっきも言ったけど、先に君の妹を診《み》てあげる。でも、そろそろラエルが結果を知りたがるだろうから、暗殺に失敗したとメールを送ってくれ」

「ん、それでどうするの？」

「失敗して面が割れそうだったのでこの国から逃げるといって、サリエが異常に強すぎるから暗殺はまず不可能だと伝えるんだよ。それと同時に殺せる可能性のある方法をラエルに教えてあげればいい。俺を風呂《ふろ》に誘《さそ》って細い毒針で刺《さ》せば、心不全で殺せると教え、ジュエルから失敗した詫《わ》びだと、毒針をラエルにプレゼントするんだ」

「風呂なら警戒の強いサリエ殿《どの》も居ないし、ラエル自らなら従兄《いとこ》であるリューク様も油断して殺せると教えるのですね？　ラエルが直接攻撃《こうげき》をしたのなら、現行犯で言い逃《のが》れもできないと……ですが武器を持たずにあの優秀なラエルをリューク様は捕《と》らえられるのですか？　サリエ殿ほどではないですが、あの者もかなり強いですよ」

「ラエルは騎士《きし》科を首席入学するほどだしね……ジュエルがそう考えるのも無理ないか。でも、まったく問題ないよ。言っておくけど、俺はサリエと同じくらい強いからね」

「ん、同じくらいじゃない！　何でも有りならリューク様は私より遥《はる》かに強い！　ラエルじゃ、リューク様に絶対勝てない」

「ラエルに先ほどの内容のメールを送れば良いのですね？」

「ん！　無視するな！　アホ！」

「サリエ、話が進まないからいちいち突っかからないように。先ほど言ったとおりの内容で、心不全として殺せる毒針を今日中に使いに配達させると一文入れといてくれ」

「解りました。ですがラエルとのやり取りは【クリスタルプレート】のメール機能ではなく、このダンジョンでドロップした魔道具《まどうぐ》によるものです」

「ああ、【クリスタルプレート】だと送信時にフレンド登録して実名じゃないと送れないからね。じゃあその魔具で頼《たの》むよ。いかにサリエが強すぎて勝負にならなかったかをできるだけ伝えてね。隊長クラスなら倒《たお》せるが、それ以上に強かったと入れとけば、観念してラエル自らが襲ってくるだろう」

　失敗を伝えられたラエルは罵《ののし》った内容のメールを返してきたが、毒針を必ず届けるようにと念を入れてきた。これで直接対決ができるだろう。後は俺が上手《うま》く捕らえればいいだけだ。

「ん、私も捕らえる時、湯着を着て一緒《いっしょ》にお風呂に入る」

「ダメだよ。ラエルには油断してもらわなきゃいけないんだから」

「リューク様、愛されていますね。でも今更ですが、こんな子供に負けたとは……」

「ん！　やっぱこいつ嫌い！」

「サリエはこう見えてももうすぐ16歳なんだよ」

「ラエルからの情報でそう聞いていますが、にわかには信じられませんね」

ますますサリエが怒《いか》り狂《くる》ってきたので、さっさと宿屋に向かう事にする。

「あの、リューク様……この格好で街中に行くのは……着替《きが》えてもよろしいですか？」

確かにこの忍《しの》び装束《しょうぞく》のようないでたちだと怪《あや》しすぎる。

「ん！　ここで着替えて！　リューク様には背中を向けて、私の方を向いて着替えるように！　怪しい動きをしたら切る！」

サリエは未《いま》だ彼女に対して一切《いっさい》警戒を解いていないようだ。ジュエルに俺とサリエの間で監視《かんし》の下で着替えろと指示を出したのだ。流石《さすが》だ、サリエ。

「解った……私には、もう逆らう気なんかないんだけどね……」

び、美少女の生着替え！

ジュエルはさらしのようなものを胸に強く巻いていた。万が一仕事中に姿を目撃《もくげき》されたとしても胸を隠《かく》すことで捕《つか》まらない限りは男か女か見た目で判《わか》らないようにするためなのだろう。顔は覆面《ふくめん》で隠しているので、性別を隠すのは意外と有効なのかもしれない。

「リューク様……そんなにじっと見つめられると恥《は》ずかしいです……」

俺からは後ろ姿しか見えてないが、顔を赤らめモジモジとしながら着替える姿はちょっと可愛《かわい》いと思ってしまった。着替え後のジュエルは、ありきたりな中級冒険者の装備を身に纏《まと》っていた。普段《ふだん》は冒険者の装備や、町娘《まちむすめ》の格好をして、任務依頼《いらい》を行う先の村や町に合わせて違和感《いわかん》がないよう意識して選んでいるとの事だ。

宿屋に向かう途中《とちゅう》で、ジュエルが時々使い走りにしているという子供に、毒針を持たせて走らせた。封筒《ふうとう》に5cmほどの細い針を板で挟《はさ》んで、危険がないようにして届けさせたのだ。子供にマーキングを施《ほどこ》し、ちゃんと届けたかの確認《かくにん》も行う。後はラエルからの風呂の誘いを待つだけだ。

＊　＊　＊

妹のジェシルちゃんだが、生まれつき心臓が悪かったようだ。枢機卿《すうききょう》や教皇様に診てもらっても治せなかっただろう。

「ありがとうリュークお兄ちゃん！　凄《すご》く楽になった！」

「どういたしまして。もう走っても胸が痛くなることはないからね」

「本当！　嬉《うれ》しい！　あの……リュークお兄ちゃん、良かったらお姉ちゃんも診てほしいのだけど、ダメかな？」

「ジェシル、あなた何を言っているの？　私はどこも悪くないからいいわよ」

「そんなの診てもらわなきゃ分かんないでしょ！　私だってリュークお兄ちゃんのこの魔法がとんでもない価値のある魔法だって理解できる！　冒険者仲間とかお姉ちゃん嘘《うそ》ついているけど、本当は私のためにお金を払《はら》って依頼して今回ここにきてもらったんだよね？　リュークお兄ちゃん、お礼は元気になったら私が頑張《がんば》って稼《かせ》いで払うから、お姉ちゃんも診てあげて！」

どうやらこの機会を逃すと、二度と俺の診察《しんさつ》は受けられないと思っているようで、どうしても姉のジュエルの診察《しんさつ》をしてほしいと涙目《なみだめ》で懇願《こんがん》してきているのだ。

妹想《おも》いに姉想い……姉妹でお互《たが》いを心配し合っているどっちも優《やさ》しい娘《こ》だ。

「俺はいいけど……でもほら、服を脱《ぬ》がなきゃいけないでしょ？　それと、ジュエルは本当に俺の仲間だから、お金は取らないよ」

俺がそう言った瞬間《しゅんかん》、ジェシルは姉の服を凄い手際《てぎわ》で剝《は》ぎ取りだした……。

「こら！　ジェシル！　止《や》めなさい！　キャー！」

「お姉ちゃんダメだよ！　何時《いつ》も無茶《むちゃ》しているお姉ちゃんの事が心配なんだから、リュークお兄ちゃんに診てもらって！　お姉ちゃんが、時々苦しそうにしているの、私、知っているんだからね！」

ジュエルはあっという間にジェシルに素《す》っ裸《ぱだか》にされていた……マジで凄い手際だった。

「クッ！　好きにしろ！　さぁ、煮《に》るなり焼くなり好きにすればいい！」

やっぱジュエルはクッコロ系女子だったか……あまりの恥ずかしさに言っている事がおかしくなっている。自らベッドに大の字になって、涙目でクッコロ状態だ。

「お姉ちゃん！　何を言っているの！　リュークお兄ちゃんに診てもらうんだから、ちゃんとお願いしなきゃダメでしょう！」

ジェシルちゃん、14歳にしては中々しっかりした娘だ。

それにしても……さらしを剝ぎ取られたジュエルの胸は『凄い！』の一言だ。

ジェシルに怒《おこ》られ、少し冷静になったジュエルは、顔を赤らめてこちらを見た。

「リ、リューク様……良かったら私の診察もお願いできますか？」

良いに決まっている！　覆面をとったジュエルはかなり可愛いのだ……嫌《いや》な訳がない！

俺の診察価値がとんでもない事を知っているジュエルは、か細い声でお願いしてきた。

「君とは仕事を一緒にするんだ。君の健康状態をチェックしておけると、こちらも安心できるしね」

「ありがとう……」

恥ずかしそうにしているジュエルだが、鍛《きた》えているだけあって引き締《し》まった素敵なお体をしています。体が締まっている分、さらしを解いた胸がやたらと強調されて、つい目が行ってしまう。D、いやFカップは有りそうな形のいいおっぱいだ。

フィリアやナナたち貴族のご令嬢《れいじょう》とは違《ちが》い、首や足や手など、服の外に出ている部分がほんのり日に焼け、地肌《じはだ》の白さと微妙《びみょう》に色の違う日焼け跡《あと》が実にエロチックだ。

俺は色白が好きなタイプだが、これはこれでかなり魅力《みりょく》的だ！

「リュークお兄ちゃん……なんだか私の時と違って目がエッチぃ！」

「ナッ⁉ そ、そんな事はないだろう！」

だってジェシルちゃんは、これからって感じのチッパイだったジャン！

「まぁ……お姉ちゃん、なりは小さいけど脱いだら意外と凄いから、お兄ちゃんぐらいの男の子だと仕方ないのか……良かったらお姉ちゃんをもらってくれると嬉しいな」

「な、何を言うの、この子は……リューク様には既《すで》に可愛い婚約《こんやく》者がいるのよ」

「そっか、残念……素敵な人は早い者勝ちだもんね……お姉ちゃんも行き遅《おく》れないようにしないとだね。私のせいでごめんなさい……」

ジェシルに色々突《つ》っ込まれたが、ごまかして診察を開始した。

「【ボディースキャン】……あれ？ ジュエル、時々胃の付近がシクシク痛まない？」

「はい。時々というかよくシクシク痛みます……」

「心労性のもので、胃に穴が開きかけている……これ、空腹になるとよく痛むんだよね」

「私のせいでお姉ちゃんに苦労かけていたんだね……本当にごめんなさい」

ジェシルちゃん良い子だな。君のせいというより、暗殺業はジュエルには性格的に向いていなかったのだろう。小柄《こがら》な少女が短期間に稼ぐ手段なんか限られてくる。

「ジェシルちゃん、心配しなくてもいいぞ。こんなもの直《す》ぐ治せる」

「本当！　リュークお兄ちゃん、頑張ってお姉ちゃんも治してね！」

【細胞治療《さいぼうちりょう》】を駆使《くし》して、心労で穴の開きかけたジュエルの胃を塞《ふさ》いで完治させる。

そのあとは何時ものように、魔素が停滞《ていたい》している個所を散らすためにマッサージを行った。ほどよく筋肉が付いた女性らしいヤワヤワな肌を堪能《たんのう》させてもらいました。

魅力的なジュエルにドキドキしても仕方ないよね！　『可愛いは正義！』って言葉も有るくらいだし！

「お姉ちゃん……凄くだらしない顔になっているよ」

「ふぇっ？　だらしないって……」

「ジェシルも同じ顔していたぞ……ジェシルは気持ち良くなかったか？」

「凄く気持ち良かった……」

部屋を出て、ジュエルが借りている部屋に行き、そこに待たせていたサリエと合流する。

「リューク様、本当にありがとうございました」

「ラエルの件が終わるまでは宿屋で待機しておいてくれ」

「ん、治った妹を連れて逃《に》げるかも？」

「そんなことは絶対しない！　私がどれだけ感謝していると思っている……」

「この件が片付いたら、学園に通うので拠点《きよてん》は王都になる。ジェシルちゃんにも近いうちに仕事の関係で王都に行く事になると伝えておいてくれ」

「分かりました。リューク様が学園に通っている間、私の仕事が無いときは何をしていれば良いのでしょう？」

「仕事が無いときは以前のように冒険《ぼうけん》者として活動していてくれればいい」

「解《わか》りました……私だって暗殺者になりたくてなったのではないのですよ。貴族に襲《おそ》われそうになって、ついそいつと、黙《だま》ってニヤニヤ横で見ていた侍女《じじょ》を殺してしまったのです。

例の毒針を刺《さ》したので表向きには心不全での病死になっていますけどね」

両親を貴族に殺され、別の貴族の依頼中に、主人の暴挙をにやけ顔で眺《なが》めていた侍女を怒りのまま殺してしまい犯罪者になってしまった。貴族自体は殺しても正当防衛が適用されるのだが、見ていただけの侍女を殺したのが拙《まず》かったのだ。

彼女……相当貴族に対して思うところがあるようだ。

ジュエルにはラエルの件が片付くまで宿屋待機を命じ、サリエと屋敷《やしき》に帰宅する。

昼には降り出すかと思っていた雨が、夕方になって降り出した。宿屋からの帰宅途中に少し雨に濡《ぬ》れたので夕飯前に入浴を先に済ませた。

恥ずかしいくせにまたサリエは自分から一緒《いっしょ》にお風呂《ふろ》に入ってくる。自分からきておいて、モジモジと恥ずかしがるサリエは超《ちょう》可愛い。

「ん、リューク様……また髪《かみ》を洗ってもらってもいい？」

「勿論《もちろん》良いよ。洗ってもらった方が気持ちいいしね」

今日は素直に自分から甘えてきた……勿論可愛いサリエとイチャイチャするのは大歓迎《だいかんげい》だ！

その日の晩、ラエルから『生き返ってからお前にまだ会っていないので、明日会いたい』とメールが届いたので了承《りょうしょう》した。例の騎士《きし》に『会わないしコールにも出ない』とか言ったので、こちらから連絡《れんらく》しないといけないかなと考えていたが、要《い》らぬ心配だったようだ。

俺の目論見《もくろみ》どおり事が運んで万々歳《ばんばんざい》だ。

いよいよ明日は主犯のラエルと対決になりそうだ。

第10章　サリエにも苦手なものがあるようです

ジュエルの事は逃げられたという事にして、ラエルとの一騎打《いっきう》ちの流れに持っていく。

「サリエは明日ラエルが来たら徹底的《てってい》に警戒《けいかい》して、誰《だれ》であろうと俺に近寄らせないように行動してもらえるかな？　サリエが側《そば》に居たら俺に誰も近づけないと思わせるのがこの作戦の鍵《かぎ》になるからね」

「ん、分かった。お風呂以外では私の警戒で暗殺は絶対不可能と思わせる」

「そそ、ちゃんと言わなくても理解できているね。サリエは賢《かしこ》いね～えらいえらい」

そう言いながらサリエの頭をナデナデしてしまったが、頭を撫《な》でられるのは気持ちいいようでも、子供扱《あつか》いされたのはお気に召《め》さないようだ。

「ん！　また子供扱いして！」

「あはは、ごめんごめん。明日ラエルが来たら、剣《けん》の鍛錬《たんれん》にでも誘《さそ》って、一汗《ひとあせ》かいたらラエルを風呂に誘うようにこちらから誘導《ゆうどう》してみるよ」

「ん、私はどうすればいい？」

「ラエルがもし従者も一緒に風呂に誘うようなら、サリエも入ると言ってほしい。そうさせないように俺が断るから、俺とラエルがお風呂に入ったら、ラエルが連れてきた従者と騎士をサリエ1人で捕《と》らえてくれるかな。1人で数人相手にすることになるけどできる？」

「ん、問題ない」

「勿論殺さず捕らえるんだよ。おそらく明日連れてくるのは、今回の暗殺に係わっている学園用に与《あた》えられた従者が1人と、側付きの騎士2人だけだと思うけど、気を付けてね」

「ん、頑張《がんば》る」

「ラエルの暗殺計画にその従者の奴《やつ》も一枚噛《か》んでいるから、必ず生かして捕らえてね」

「ん？　そうなの？」

「ジュエルが『私の依頼《いらい》人はゲシュト伯爵《はくしやく》家の御《ご》当主だ』って言ったでしょ？　ゲシュト家は確かラエルの執事になった奴の家名だよ。係わっているのは間違いないよ」

『……マスター、その者は自分が学園用の従者に選ばれたいがために、本来の選考前にこっそりラエルに近づいてフィリア略奪《りやくだつ》計画を唆《そそのか》したようです。マスターに苛立《いらだ》っていたラエルは、喜んでその案に乗っかってしまったのが事の始まりですね』

『喜んで……悩《なや》んだ末って感じじゃないのか……腹立つな……』

「今、犯人を暴《あば》いたことで、アリア様から啓示《けいじ》を頂いた。ラエルの執事になった奴は自分が学園用の従者に選ばれたいがために、選考前にこっそりラエルに近づいて、フィリア略奪計画を唆したみたいだね。ジュエルのような腕利《うでき》きの暗殺者の伝手《つて》も、そいつの実家が関《かか》わっているようだよ。ラエルが、個人で暗殺者なんか知っているはずがないんだよ」

「ん！　許せない！　皆一生懸命《みんないっしょうけんめい》従者に選ばれるために努力しているのに！」

「俺の従者がサリエで良かったよ。父様に感謝だね」

従者候補として何年も頑張ってきたサリエからしたら、汚《きたな》い手段で取り入ったばかりか、本来主人を良い方に導くのが務めなのに、暗殺という犯罪に誘導した従者の行為《こうい》が許せないみたいだ。

サリエと明日の段取りを話し終えた頃《ころ》には結構な時間が経《た》っていた。ラエルがどう動くか分からない為《ため》に、いろんなパターンをサリエと出し合って作戦を煮詰《につ》めた。

「ふぅ、結構時間が経ったね。うわー、話に集中して気づかなかったけど、外は凄《すご》い土砂《どしゃ》降《ぶ》りだね」

「ん、雨は嫌《きら》い……」

「そう？　俺は結構好きだけどね。さぁ、今日はもう寝《ね》ようか、明日うまくいくといいね」

「ん、きっとうまくいく。リューク様おやすみなさい」

サリエにおやすみの挨拶《あいさつ》をし、互《たが》いの寝室《しんしつ》に別れた。

『ナビー、ジュエル姉妹は今どうしてる？』

『……元気になった妹とかなり豪華《ごうか》な夕食をして、今は同じ部屋で寝ています』

『快気祝いでもしたのかな？　で、逃げそうな気配はあるか？』

『……全くないですね。姉妹揃《そろ》って心の底からマスターに感謝しているようです。アリア様はマスターが関わるのが少し不満げでしたが、黙って見守るようです』

『個人香《こう》は良い匂《にお》いだし、ジュエルの信仰《しんこう》値も結構高いのにね……』

『……マスターもそろそろお時間ですね。名残《なごり》惜《お》しいです……』

『ん？　何の事だ？』

『……あ、制限を掛《か》けられました……これ以上は話せません』

『何のことか解からないが、他《ほか》に何か知っておいた方がいいような案件はあるか？』

『……そうですね。明日の夕刻にゼノが訪《おとず》れるようです。どうやらセシアが完治したのを知って、マスターに色々聞きたい事があるようです。直ぐにでも訪問したい様子でしたが公務があるので明日の夕刻になるまで時間が取れないようですね』

『父様が？　夕刻ならラエルの事がうまくいけばそれどころじゃなくなっているだろうね。

従弟《いとこ》による暗殺未遂《みすい》事件の事後処理に追われているはずだから、セシア母様の話は当分後になるね』

もう一度セシア母様の事も診察《しんさつ》しておきたかったな……。

＊＊＊

眠《ねむ》りに就《つ》いてうとうとし始めたころ、ナビーが声を掛けてきた。

『……マスター、お休み中のところ申し訳ありません』

『ん、どうした！　ラエルが攻《せ》めてきたか？』

外は土砂降りから、雷《かみなり》を伴《ともな》った豪雨《ごうう》になっている。こういう状況《じようきよう》はラエルの襲撃《しゆうげき》も十分あり得る。雷や雨音に紛《まぎ》れての襲撃というのは暗殺の常套手段《じようとうしゆだん》だ。

『……いえ、隣《となり》の部屋でサリエが震《ふる》えています』

『は？　何を言っているのだ？　サリエ？』

『……はい、サリエです。実はサリエにとって雷はちょっとしたトラウマになっているようです。先ほどお風呂場でマスターに甘えてきたのは雨に打たれたせいもあるようです』

さっきお風呂で髪を洗ってほしいと甘えてきた事かな？

『どういう事だ？』

『……サリエの母親が亡《な》くなった原因が雨によるものなのです。風邪《かぜ》を引いて高熱で体調を崩《くず》していた時に冷たい雨に晒《さら》され、それが元でその2日後に神殿《しんでん》で処置の甲斐《かい》なく母親は亡くなったのです。その雨というのが今のように雷を伴った豪雨のようです。雨や雷はサリエにとって母の死を連想させるようです。特に雷は木陰《こかげ》で高熱の母親に抱《いだ》かれながら雨宿りの一晩を過ごした恐怖《きょうふ》が蘇《よみがえ》ってくるようで……可哀想《かわいそう》に、布団《ふとん》の中で耳をふさいで震えています』

『どうしてサリエの母親は体調が悪いのにそんな雨に晒される事態になったんだ？』

『……サリエの母親は冒険者をしていました。普通《ふつう》なら街から街への移動は魔獣《まじゅう》や盗賊《とうぞく》を警戒して馬車で移動するのが常識ですが、ハーフエルフでそれなりに年齢《ねんれい》の高い母親は優《ゆう》秀《しゅう》な魔法剣士でして、魔法も剣の腕《うで》も良かったのです。人種的差別が殆《ほとん》どないと聞きつけ、安住の地を求めてこの地を目指して徒歩で旅をしてきたみたいなのですが、目前で風邪を引き、やっと辿《たど》り着いたこの地で力尽《ちからつ》きたようです』

ナビーからサリエの母親の事を聞いて、サリエの様子を見ようとドアをノックしたのだが返事が無い。本来ならノックしても気付かないとか侍女失格なのだが、耳をふさいで布団を被《かぶ》って震えているのなら気付かないのも当然だ。サリエの返事が無いまま、部屋の中に入ってサリエの布団をそっとめくる。

「ん！　リューク様！　ごめんなさい！」

サリエのごめんなさいは、どうやら気付かなくてごめんなさいという事のようだ。布団を剥《は》いだときのサリエは、剣を抱《だ》きしめ震えていた。

目は涙《なみだ》で濡れていて、サリエの痛ましい姿を見た俺の心がギュッとなってしまった。

「サリエ、ちょっとおいで」

俺はサリエを自分の部屋のベッドに連れて行って座らせる。

うーん、どうしたものかな……考えた末の結論は、雷の音を消すことだ。

「スキル発動【音波遮断《しゃだん》】」

ん⁉　まったく音の無い世界は気持ち悪いことが発覚！　ナビーに検索《けんさく》してもらい、直《す》ぐに調整した。指定範囲《はんい》はこの部屋、こちらの音を外に出さないにチェック。外の音は50dB以内の音のみ聞こえるようにした。持続時間は6時間ほどに設定、これで朝方までぐっすり眠れるだろう。

「サリエ、音を操《あやつ》れる魔法を創《つく》った。サリエにもコピーしてやるから使うといい。【忍足《しのびあし》】より無音に関しては優秀だぞ。先に戦闘《せんとう》エリアを広範囲で囲っておけば、魔獣を殺す際に声を出されても、外部に音が出ないから周囲の魔獣が寄ってきたり、仲間の増援《ぞうえん》の心配が無くなるからね。明日も先に使って、騎士たちを捕らえるといい」

「ん、分かった。他に用はある？」

「用はそれだけだけど……」

俺は布団をめくって、トントンと指で合図した。

「ん？　良《い》いの？」

雷が余程《よほど》怖《こわ》いのか、すぐさま嬉《うれ》しそうに布団にもぐりこんできた。

サリエに変な噂《うわさ》が立たないように考えないといけないのだが、今も雷が鳴る度《たび》に部屋がピカッと光るので、その度にサリエはビクッと体を震わせている。

『……マスター、フィアンセのいる立場ですので、サリエの世間体もですが、ご自身の事も気にしなくてはダメなのではないですか？』

『あ！　そうだよね。フィリアの事すっかり忘れていた。可愛《かわい》いサリエが怯《おび》えているから何とかしてやろうとしか考えてなかったよ。うーん、どうせ俺を起こすのもサリエなのだし、俺たち2人が黙《だま》っていればいいだけだから、怖がっているサリエのケアの方が大事だ』

俺にしがみついてきたサリエは小刻みに震えていた。母の死で余程の恐怖を心に刻んでいるのだろう。少しでも俺の存在で和《やわ》らぐのなら、世間体なんか知ったことではない。

「サリエ、もう怖がらなくても大丈夫《だいじょうぶ》だからな。お前の大事な人が病になっても、今後は俺が全《すべ》て治してやる。安心してゆっくりおやすみ」

「ん、女神様が私の事教えてくれたんだね。ありがとうリューク様……おやすみなさい」

俺の胸に顔をうずめて泣いていたが、間もなくサリエは穏《おだ》やかに眠りについた。

どうやら俺の個人香の効果が出ているようだ。そう言えば俺の個人香にはリラックス効果と睡眠《すいみん》導入効果もあったな。

サリエの匂いを嗅《か》ぎながら俺も知らないうちに眠りにつくのだった。

第11章　主犯を罠《わな》に嵌《は》め捕《と》らえました

【異世界生活5日目】

翌朝、目覚めとともに視線を感じ、そっちに目を向ける。

サリエがこっちをじ～っと見つめていたが、俺と目が合うと顔を真っ赤にして視線を外して前髪《まえがみ》で顔を隠《かく》してしまった。可愛い……目覚めた瞬間《しゅんかん》、良いものが見られた！

「ん、リューク様おはよう」

「おはようサリエ。起きていたのか？」

サリエは今、俺の腕枕《うでまくら》でホールド状態だ。

「ん、今さっき目が覚めたとこ」

そう言いながら、俺のホールドから抜《ぬ》け出しベッドから出て行く。

布団からは、サリエの爽《さわ》やかな香《かお》りが漂《ただよ》ってきて朝からとても心地が好《よ》い。

「今、何時だ？」

「ん、まだ5時。リューク様はもう少し寝てていい」

起きるにはまだ少し早いが、今朝の目覚めは俺のこの数年の中でも最高の朝と言って良いほどスッキリした目覚めだ。二度寝《にどね》するには勿体《もったい》ない。

『……マスター、おはようございます。サリエは20分ほど前に目覚めていましたが、マスターががっちりサリエを抱きしめて寝ていたので起こさないようにじっとしていたのですよ』

『あらら、それはなんか悪いことしたな……気を遣《つか》わないで起きれば良かったのに』

『……ふふっ、ですがサリエもマスターに抱っこされてまんざらでもなかったようですし、良いのではないですか。目覚めて20分の間、マスターに腕枕されながら嬉しそうにホッペにチュッチュして見つめていましたからね』

『起きてからずっと寝顔を見られていたのか……それにチュッチュって……俺と目が合って真っ赤になったのはそれでか。まぁ、サリエなら大歓迎《だいかんげい》だけど。それにしても今朝は凄《すご》く良い目覚めだ』

『……マスターもサリエの個人香の効果を得ているのです。同じくサリエも目覚めスッキリのようで、かなり驚《おどろ》いているようですよ』

成程、この爽快感《そうかいかん》は例のこの世界特有の個人香のおかげなのか。

「サリエ、どうやらお前の個人香のおかげで、今朝の目覚めはかつてないほどの爽快な朝だよ。ありがとう」

「ん、私も侍女《じじょ》失格なほど寝てしまった。昨晩敵が襲《おそ》ってきていたら気づかなかったかも」

「そのへんは大丈夫だよ。俺の探索《たんさく》魔法は敵が近づいたら起こしてくれるようになっているからね。こっそり近づいての不意打ちなんかできないから安心していいよ」

「ん、でも本来それは戦闘《せんとう》侍女としての私の仕事。リューク様に甘えていたらダメ」

「サリエがよく眠れたならそれで良いよ」

「ん、ここ1ケ月色々不安で寝付けなかったから、今朝はびっくり」

「そんなに長い間寝付きが悪かったのか？」

「ん、従者選抜《せんばつ》が近づいてきたら選ばれなかったらどうしようって考えてしまってた。選ばれてからは、リューク様をどうやって守れば良いか考えたら、なかなか寝付けなかった」

サリエには色々寝付けないような不安要素が一杯《いっぱい》有ったわけだ。

「ラエルの件が片付けば、少しは落ち着けるから頑張《がんば》ろうね」

「ん、頑張る！」

折角の良い目覚めなので二度寝するなど勿体ない。という訳で、サリエと朝食までの少しの時間、二人で散歩をする事にした。昨日とはうって変わって今日は晴天だ。

「日が昇《のぼ》ったばかりの早朝の空気は爽やかで良いよね」

「ん、昨日の雨で空気も浄化《じょうか》されているから木々も喜んでいる」

「サリエにはエルフの血が入っているから、そんな事が分かるのかい？」

「ん、多分そう。母様の血の影響《えいきょう》だと思う。でも私じゃ感覚的になんとなくでしか分からない。ハイエルフ様なら木々と語らえるって母様が言っていたのを覚えてる」

林を抜けた先に、草も生えてない少し開けた場所があった。

「ここ、良い感じの広場になっているね。ちょっと剣《けん》の稽古《けいこ》でもするかい？　サリエは毎朝やっていたのだよね？」

「ん、本当なら今の時間、1人で剣の練習。リューク様に付いてからは一度もやってないけど、ラエルの事が片付いたらまた再開する」

「そうなんだ。今朝は折角2人いるのだから掛《か》かり稽古《げいこ》でもしようか？」

「ん、やる！　1人じゃできないから嬉しい！」

「じゃあ先にサリエが掛かり手ね。俺が元立ちをするから」

「ん、お願いします」

武器屋で練習用に買っておいた木剣《ぼっけん》をインベントリから取り出し、サリエと剣を打ち合う。

全く歯が立たなかった……。

「剣の方はサリエに基礎《きそ》から教えてもらうとするよ、よろしくね」

「ん、剣なら教えられる。魔術師《まじゅつし》でも剣は覚えて損は無い」

「何言ってるんだよ。俺たちは魔法剣士だよ？　どっちも一流を目指すんだ！」

「ん、そうだった！」

稽古を終え、朝食後サリエと最後の打ち合わせを行った。

＊＊＊

9時にラエルが訪ねてきた。予想通り従者1、騎士《きし》2の3人だけしか連れてきていない。

『サリエ、殺気が漏《も》れているよ。ちょっと抑《おさ》えて』

『ん、ごめんなさい。こいつがラエルをけしかけたヤツと思ったらつい……』

顔は前髪で見えないだろうが殺気がダダ漏《も》れだ、念話で忠告する。

「ラエルおはよう。久しぶりだね」

「おはようリューク。そうだね……昨晩の雨は凄かったけど、今朝はスッキリ晴れて良かったよ」

「そこの彼がラエルの従者になった人？」

ラエルの後ろにキツネ目の狡猾《こうかつ》そうな顔をしたヤツが控《ひか》えている。俺の強化された嗅覚《きゅうかく》に悪臭《あくしゅう》が漂ってくる。暗殺者のジュエルでも良い匂《にお》いがしていたのに、こいつはなんて酷《ひど》い臭《にお》いなんだ。やはりジュエルの性根《しょうね》は悪くないという事だ。そしてこいつはかなり腐《くさ》った性根なのだろう。よくこんな臭いの奴《やつ》とラエルは平気で居られるものだ。

『……マスター、一般《いっぱん》人程度の嗅覚だと余程でないと感じられないのです。しかも同じように悪臭をまとった人間には一切《いっさい》感じることはできないのです』

『それでか……【身体強化】と【嗅覚強化】が有る俺が特殊《とくしゅ》なんだな』

『……フィリアやナナやサリエのような良い匂いは、近付けば皆《みんな》にも分かるのですよ。勿《もち》論《ろん》マスターの匂いもです』

惜《お》しい事にラエルまで嫌《いや》な臭いが混じり始めていた。元は良い匂いがしていたのを思うと、残念でならない。フィリアに恋心《こいごころ》を抱《いだ》いてリューク君に嫉妬《しっと》しているとはいえ、そんな奴は日本でもごまんといるはずだ。一度覚悟《かくご》を決めて歪《ゆが》んだ心はそうそう直るものでもない。そのうちラエルもこいつと同じような酷い臭いをまとう事になるのだろう。

「ああ、紹介《しょうかい》しておくよ。ゲシュト伯爵《はくしゃく》家の者だ」

「リューク様、おはようございます。ゲシュト家三男のカスタル・D・ゲシュトと申します。以後お見知りおき下さいませ」

「ああ、こちらこそよろしく。うちのも紹介しておくね。サリエ」

「ん、ウォーレル子爵家の娘《むすめ》、サリエ・E・ウォーレル」

サリエはそう言ってぺこりと頭を下げた。うーん、上位貴族相手にする挨拶《あいさつ》ではない。

「サリエ、30点だ。公爵家の者相手にする挨拶じゃないな。ラエル、ごめんね。まぁ口のきき方や礼節はなってないけど、それ以外は凄く優秀《ゆうしゅう》なんだよ」

「噂《うわさ》で聞いたのだけど、その娘、200頭ほどのオークのコロニーを潰《つぶ》したんだって？」

「へー、もうラエルの耳に入っているんだ。そうなんだよ、殆《ほとん》どサリエ1人でやっつけちゃった」

「リュークは伯母様《おばさま》に似て、回復魔法は得意だけど戦闘《せんとう》系はからっきしだからね。でもこんな小さな子がそれほど強いのか？」

「うちの騎士隊長たちより強いと思うよ」

「エッ!?　カリナ隊長より強いとは聞いていたけど、アラン隊長よりは弱いよね？」

「その情報は古いね。コロニーを2つ潰してレベルも上がって、新たなスキルも習得したサリエはおそらくうちの父様クラスだよ」

「ゼノ伯父様《おじさま》並みに強いのか!?」

「実際にやってみないと分からないけどね。どうだいサリエ、父様に勝てると思う？」

「ん、今なら10回やれば8回は勝てる！」

「なんか、リアルな数字だね……」

ドアのノックで招き入れると侍女がお茶のセットを持ってきたようだ。それをサリエが引き継《つ》ぎお茶を入れる。

「リュークのお茶はいつもサリエが入れているのか？」

「うん。サリエは毒の見分けができるんだって。食事に毒を入れられないよう、サリエが全《すべ》てチェックをしてくれているから安心だよ」

毒のチェックができるという俺の発言で、ラエルはかなり警戒《けいかい》し始めた。自分が持ってきた毒針が見つからないかドキドキなのだろう。

「ん、匂いで分かる。でも余程《よほど》近づかないと分からないので不便」

「匂い判別のスキルか……珍《めずら》しいね。でも侍女としては良いスキル持ちだね」

「だよね、父様もよくこんな侍女を見つけたものだよ」

「ゼノ伯父様が育てたのかい？」

「育てたのは俺の剣術の師匠《ししょう》でもあるウォーレル家だけど、サリエを見つけ出してウォーレル家に預けたのは父様みたいだよ」

「へー、そういえば昨日襲われたって聞いたけど本当？　怪我《けが》とかしなかったか？」

「確かに襲われたけど、どこでその情報が漏れたんだよ。うちも結構ザルだな～」

「うちの騎士が君の本家のほうで聞いたんだよ。で、どうなったんだ？」

「どうと言われても、逃《に》げられちゃったからね。サリエが瞬殺《しゅんさつ》しようとしたから止めたんだよ。殺しちゃったら命令を出した主犯が捕《つか》まえられなくなるからね。覆面《ふくめん》をしていたから顔も見られなかった」

「ゼノ伯父様は暗殺者の事をかなりの手練《てだ》れと予測していたけど、弱かったの？」

「う～ん、どうなんだろう？　俺には相手の強さなんか判《わか》らない……サリエ？」

「ん、たいした事なかった。せいぜいアラン隊長と同じくらい？」

「な！　むちゃくちゃ強いじゃないか！　リューク、この子何をいっているのだ？」

「それくらいサリエは強いんだよ。お茶も美味《おい》しいし、本当に優秀だよ。それに顔もめちゃくちゃ可愛《かわい》いんだぞ」

「はぁ？」

「いや、大事な事でしょ？　サリエは妖精《ようせい》さんみたいに可愛いんだよ。フィリアやナナに劣《おと》らないほど可愛いんだよ」

ラエルはサリエの顔を下から覗《のぞ》き込もうとしたが、サリエにプイッてされていた。

「前髪《まえがみ》で殆ど顔なんか見えないじゃないか」

「俺以外には見せないらしいからね。母親の遺言《ゆいごん》らしいから下手《へた》に覗かない方がいいよ？　マジで切られるよ」

「ん、リューク様でも見せない。偶々《たまたま》見られてしまっただけ」

「え～そうなの？　俺には見せてよ」

「ん、リューク様でもダメ」

茶番だ。

本性をお互《たが》いに隠《かく》して、ラエルとくだらない会話を続ける。

サリエは約束どおり一切油断しない。俺の側《そば》を片時も離《はな》れないし、誰《だれ》も近づけさせない。

「リューク様、同じ従者としてサリエ殿《どの》の剣の実力を見てみたいです」

「俺も是非《ぜひ》見てみたい。リューク、一汗《ひとあせ》かいて久しぶりに一緒《いっしょ》に風呂《ふろ》でも入らないか？」

向こうから本題に入ってきた。ラエルの方でも不自然にならないような想定で話の流れを持っていくよう、事前に話し合っていたのだろう。こちらとしては好都合だ。

「そういえば13歳の時に入ってから、もう2年ほどラエルと一緒に入ってないね」

「だろ。サリエの剣の腕《うで》も見たいしな。どうだ？」

「サリエいいかい？」

「ん、私は問題ない。騎士科で首席合格者のラエル様の剣の腕を見てみたい。噂では凄《すご》く強いって聞いた」

「ラエルは騎士科の方だったよね？　カスタルもやっぱり腕に自信があるタイプ？」

「ああ、結構強いよ。流石《さすが》に隊長クラスには敵《かな》わないけどね」

「じゃあ使用人に風呂の用意をさせておくから、外でちょっと軽く手合わせしようか」

風呂の準備をするよう言いつけ、ラエルたちと外に向かう。今回父様が付けた騎士2名が付いてきたが、これは仕方がない。ラエル側の騎士は連れて行くのに2人を置いて行ったら、彼らのメンツを潰すことになってしまう。

今朝見つけた空き地まで移動して、木刀でサリエメインの練習試合を行う事になった。

俺はもちろん超手抜《ちょうてぬ》きで全員に負けてやる。逆にサリエは、うちの騎士も交ぜて6人を相手に即倒《そくたお》してのけた。

「リューク、マジでお前の侍女《じじょ》強いな……なんなのだ、この強さ」

「だろ？　うちの父様相手に勝てるって言っているのもあながち嘘じゃないかもね。手抜きでこれだけ強いんだから」

「なっ⁉　リューク様、サリエ殿はこれで手抜きをしているというのですか？」

「カスタル君は驚《おどろ》いているようだけど事実だよ。だってサリエは本来二剣流なんだ。それなのに俺たちは1本の剣でいいようにあしらわれているんだよ」

「ん、皆弱すぎ。それじゃあカリナ隊長にも敵わない」

「いやいや君が強すぎるのだよ。リュークは色々恵《めぐ》まれていてズルいよな」

「うん？　何がズルいんだ？」

「だって、誰もが羨《うらや》むほどのフィアンセが居て、可愛い妹に、優《やさ》しい母に、かっこいい兄。おまけに従者の侍女まで強いうえに可愛くて優秀ときたら、なんかズルいって思っても仕方ないだろ」

「そう言われればそんな気もするけど……」

ラエルは『誰もが羨むほどのフィアンセが居て』という発言の時に、少し殺気が混じっていた。余程フィリアの事が好きなんだろうけど、フィリアを譲《ゆず》る気はない。

1時間ほど剣《けん》の練習試合などをして汗を流した。

「ラエル、そろそろ終わりにしよう。一度も勝てないから俺は面白《おもしろ》くない。さっさと帰ってお風呂に入りたい」

「しょうがないな。でも魔法科入学のリュークが騎士科入学の俺に剣で勝てないのは当然だろ。ヒーラーにしてみれば強い方だと思うぞ」

勝てないのは当然か……一見気遣《きづか》ってくれているように思えるが、ナビーの言う『全てに於《お》いて俺より勝《まさ》っているとずっと優越感《ゆうえつかん》を抱いていました』というのを聞いた後だと、こういう事かと思ってしまう……。

「そうだけど、勝てないと面白くないよ」

「じゃあ、帰って風呂に行くか」

＊　＊　＊

西館の屋敷《やしき》に戻《もど》り風呂に行く。

案の定ラエルの従者が一緒に入ってこようとしたが、サリエがそれを止める。

「ん、ラエル様以外は別に入って！　今は非常時なので認めない！」

「サリエ、うちの従者を疑うのか！」

「ん！　ゼノ様に誰も信じるなと言われている！　暗殺者が捕まるまでは認められない！どうしてもと言うなら私も入る」

「サリエが入ってくれたら俺も安心だけど、サリエも貴族のご令嬢《れいじょう》なんだからそれはダメだよ。そんなはしたない事をしていたら嫁《よめ》のもらい手が無くなっちゃうからね。先にラエルと2人で入るから、カスタル君と騎士《きし》の4人は後で入ってもらえるかな？」

「ラエル様、私もそれが良いと思います。本来従者と主《あるじ》がご一緒することは無いのです。

あくまでご一緒する時は介助《かいじょ》としてです。私たちは後程フォレスト家の騎士たちと一緒に入らせていただきます」

「一度に皆《みな》が入れば効率が良いと思っただけだ。仕方ない……リュークと2人で入ってくるとするか」

「悪いけど入浴介助の使用人も離れのここにはいないから、自分で全部やるんだよ」

『ナビー、ラエルは針を持っているか?』

『……はい、手に持っているタオルに刺《さ》して隠しているようです』

俺も念のために上級解毒剤《げどくざい》を1本先に飲んで、もう1本タオルに隠して持って入ることにする。20分ほどなら解毒の効果が持続して得られるはずだ。解毒剤を【亜《あ》空間倉庫】ではなく手に持っておくのは、毒で魔力《まりょく》が乱れて【インベントリ】が開けない事もあると、ナビーに言われたためである。

かけ湯をして湯船に浸《つ》かっているのだが、ラエルは中々襲《おそ》ってこない。

「リューク、最近フィリアとはどうなのだ? 仲良くやっているのか?」

「そうだね。お互い16歳になったら、直《す》ぐに正式に婚約《こんやく》して欲しいとフィリアにせっつかれているよ。公爵家と子爵《ししゃく》家だから俺もなんだけど、正式に婚約披露宴《ひろうえん》でもしておかないと周りからの求婚が後を絶たないんだ。特にフィリアは可愛い娘だから大変みたい」

ラエルはあからさまに動揺《どうよう》している。公爵家が正式に婚約したら、個人がどうこうできる話じゃなくなる。婚約後の解消は両家の恥《はじ》となるから、家格が高いほど覆《くつがえ》る事はまずないのだ。

その時フィリアからコールが鳴った。

危険な状況《じょうきょう》なのでどうしようか迷ったが、出ることにした。

「フィリアからコールだ……ラエル、ちょっと待っててね」

【クリスタルプレート】を出してコールを受ける。

『もしもし、フィリア？』

『リューク様こんにちは。急にお声が聞きたくなってコールしましたの。今、お時間よろしいですか？』

『ああ、少しなら良《い》いよ』

『ありがとうございます♪　リューク様は今、何をしてらっしゃいますの？』

『今？　生き返ってからまだ顔を見てないからと、ラエルが遊びにきてくれて、久しぶりに一緒に風呂に入っているところだよ』

『お風呂ですか？　それは楽しそうですね。でもお風呂だと長湯になるとのぼせてしまいますわね……申し訳ないので、また後程おかけしますね』

『そうしてくれるとありがたいよ。ラエルと替《か》わろうか？』

『いえ、ラエル様とはリューク様の葬儀《そうぎ》の際、沢山《たくさん》お話ししましたから今は結構ですわ』

フィリアと少しだけたわいもない話をしたのだが、ラエルは一言も口出ししないままコールを終えるのを黙《だま》って待っていた。

「リューク……お前たち、相変わらず仲良さそうだな？」

「うん、仲は凄く良いよ……」

『……マスター、ラエルは直接手を下す決意をしたようです。お気を付けください』

『そうか……分かった。忠告ありがとう』

どうやらフィリアと正式に婚約予定だと言った事と、さっきのフィリアとの会話で、ラエルの嫉妬心《しっとしん》が限界を超《こ》えたようだ。ひょっとすると諦《あきら》めて改心するかもと儚《はかな》い希望も抱《いだ》いていたが、ラエルは引く気はないようだ。もうカスタル同様相当心は歪《ゆが》んでしまっているようだ。

湯船から出て髪《かみ》を洗う。

警戒《けいかい》していたのだが、髪の泡《あわ》を流しているときに脇腹《わきばら》にチクッと刺されてしまった！

横に座って同じように洗髪《せんぱつ》していたラエルが刺したのだ。俺はラエルと距離《きょり》を取り、急いで解毒剤を飲み、無詠唱《むえいしょう》で中級魔法の【アクアラキュアー】を連呼する。

そしてラエルに【魔糸】を飛ばして速攻《そっこう》で捕《と》らえ、【魔枷《まかせ》】で拘束《こうそく》する。

「ラエル、残念だよ……」

「クソッ！　油断した！　なぜ即死《そくし》級のデスケロッグの毒が効かない！　まさかリューク、俺が犯人だって知っていたのか？」

「ああ、毒針を使う事も知っていたから、こうして解毒剤も事前に飲んで警戒していた」

『サリエ、終わったよ。そっちも捕らえてくれ』

『ん！　リューク様は怪我《けが》してない？』

『警戒していたんだけど、脇腹をチクッと刺されちゃったよ。事前にサリエにもらった解毒剤を1本飲んでいたから大丈夫《だいじょうぶ》だよ』

『ん！　こっちも全員捕らえた！　【魔枷】を嵌《は》めたからもう何もできない』

「ラエル、従者たちも今サリエが捕らえたよ。今から父様に引き渡《わた》すけど、叔父様《おじさま》の為《ため》にも見苦しい言い逃《のが》れはしないでね」

「ああ、ここまでしたんだ。今更《いまさら》助かろうとは思ってない！　だが理由を聞かないのか？」

「理由も知っているから聞かないよ……」

「上級解毒剤まで持ち込んでいるという事は、この毒針の事は罠《わな》だったのか？」

「罠とは何の事だい？　女神様《めがみさま》が気をつけろと忠告してくれたから、こうやって解毒剤を持って入っていたのだよ」

悪いがジュエルの事は話せない。逃《に》げられた事にして、俺の護衛を陰《かげ》からこっそりしてもらいたいからね。

＊　＊　＊

父様にメールで知らせたら兄様と一緒《いっしょ》にすぐに飛んできた。

【魔枷】だけ外して、【魔糸】でスキルの発動を阻害《そがい》しながら服だけは着せてあげた。もう逃げるような気配もないのだが、警戒だけはしておく。

「ラエル！　あれほど子供のころは仲が良かったのに！　お前という奴《やつ》は！」

「ゼノ伯父様《おじさま》ごめんなさい。どうしてもリュークの事が腹立たしくて憎《にく》かったのです」

「暗殺したいほどリュークの事が憎かったのか？」

「俺の方がリュークに全《すべ》て勝っているのに、フィリアが俺をちっとも見てくれないのが悔《くや》しかったのです。ずっとリュークに対して不満を持っていました」

フィリアへの嫉妬から、自分より劣《おと》る俺に負けた気分になって、段々俺への憎しみに変わっていったのか……憎まれるほどとは気付かなかったな。かなりショックだ。

「父様、そこの従者のカスタルが一枚嚙《か》んでいたようです。それとそいつの実家も関与《かんよ》しています。暗殺者を紹介《しょうかい》したのはそいつの父親です。学園用の専属従者になりたいがために、ラエルにフィリアの事で近づいて、俺の暗殺計画を唆《そそのか》したようです」

「ゲシュト伯爵家が関与しているのか？」

「違《ちが》います！　私が勝手にやった事です！」

「黙れ！　調べれば判《わか》る事だ！　カイン、すぐに手配しろ！」

「了解《りょうかい》です父様。ラエル残念だ、お前の事は弟のように思っていたのに……」

「カイン兄さん……ごめんなさい」

ラエルはカイン兄様の事を実の兄以上に慕《した》っていた。自分が目指す騎士科を首席で卒業した頼《たよ》れる兄的存在なのだ。幼少時より『カイン兄さん』と呼ぶほどで、自分もああなりたいと努力して首席合格をとるほどだったのに……優秀《ゆうしゅう》なだけに残念だ。

＊　＊　＊

兄様の手際《てぎわ》は見事だった。二番隊隊長に指示し、すぐさま捕縛《ほばく》部隊を編制してゲシュト伯爵家に向かったのだ。

ラエルの父親にも連絡《れんらく》をすると、叔父様はこちらにすぐさまやってきた。叔父様は王都内の外れに住んでいる法衣貴族なのだが、2人のテレポ保持者を使い、村を経由して1時間でこの街までやって来た。

「ゼノ兄さん申し訳ない……まさかうちのラエルが犯人だったとは……」

「うむ、残念だがラエル自身がこの毒針を刺したようだ。鑑識《かんしき》で調べたらデスケロッグの毒がたっぷりと塗《ぬ》られていた。こんなものを刺されてよく死なななかったものだよ」

「リューク、うちの息子《むすこ》が申し訳ない。毒の方はもう大丈夫なのかい？」

「はい、上級解毒剤を所持していたので事なきを得ました。心臓まで針が達していたらやばかったです」

針は跡を残さないために、極《きわ》めて細いモノに仕上げていた。入浴中の心不全を装《よそお》うために、この毒針を使うのは必須事項《ひっすじこう》なのだ。太い針で傷跡《きずあと》が残るようでは心不全を装えない。

「ラエルがフィリアに気があるのは気づいていたが、まさかこんな事をするとは思ってもいなかった」

「同じ女を愛した者としてラエルの気持ちは十分理解できるのですが、だから尚更《なおさら》許すわけにはいきません。もしここで許してしまったら次は直接フィリアに手をだすかもしれない……そう考えたら叔父様には申し訳ないのですが許すわけにはいきません」

「俺がフィリアに手をだすはずないだろ！」

「自分のエゴの為に従兄《いとこ》を殺そうとするヤツの何を信じられるんだよ……」

「クッ……確かに俺はそう簡単にフィリアを諦められそうにない。リューク、フィリアを賭《か》けての決闘《けっとう》で果てた事にしてもらえないか？　俺は素手《すで》で良い、俺とフィリアを賭けた決闘をしてくれ！　このままだと、お父様や王家の恥になる。決闘で果てたことにして、フォラル家の俺は暗殺に係わっていなかった事にしてくれないか？」

「お前は何を言っている！　見苦しいぞ！　これ以上私に恥をかかせるな！」

ゼファー叔父様はラエルを今にも殺してしまいそうなぐらい怒《おこ》っている。

「まぁ待て……ラエルの言い分も理解できる。このまま不名誉《ふめいよ》な死を与《あた》えては公爵家の恥だからな」

「ですが兄さん！　うちのバカ息子がやった事はそうそう揉《も》み消して良いような事ではないでしょう？　女神様の神託《しんたく》の件もあります。リューク暗殺事件は皆が注目しているのです」

「ゼノ伯父様、俺は武器なしの無手で構いません。父に不名誉な目が及《およ》ばないようにご配《はい》慮《りょ》ください。お願いします。リューク頼《たの》むよ！」

父様はしばらく思案したのち、俺にこう言ってきた。

「リューク、お前が決めろ。このままラエルに不名誉な死を与えるか、女を争っての死闘《しとう》として送ってやるか、お前の好きにするといい」

死闘という事は、どちらかが死ぬという事だ。つまりは罪人としての処刑《しょけい》ではなく、古風ながら騎士《きし》として名誉ある決闘での死を与えてやれという事なのだ。このまま暗殺犯として死なせるのは叔父様にも父様にもラエルにとっても良いものではない。貴族は名誉を重んじる。公爵《こうしゃく》家は王家の血筋なのだ。当然王家にも迷惑《めいわく》がかかる。それはなんとしても阻止《そし》しないといけない。

だからといって俺は殺人なんかしたくない。

「リュークお願いだ、このままだと皆《みな》に公爵家の名が貶《おとし》められてしまう。せめて俺の命で償《つぐな》わせてくれ」

ラエルは俺に切実に頼み込んでくる。だが、殺人をするような事態はマジで勘弁《かんべん》してほしい。俺は只《ただ》異世界ライフを楽しみたいだけなのだ。

『……マスターは甘いですね。ラエルは決闘で勝ってフィリアを手に入れようと最後のあがきを企《くわだ》てているのですよ』

『はぁ？　ラエルは素手で相手をすると言っているのだぞ？』

『……さっきの練習試合で、ラエルは素手でも余裕《よゆう》で勝てると判断しているのです。ラエルはマスターに対し、全てにおいて勝《まさ》っていると考えています。そのような相手にフィリアだけはどうしても振《ふ》り向かせる事ができずに、腹立たしさを募《つの》らせてきた結果が暗殺だったのです。カスタルのせいにしてはいけません。マスターに対する根深い嫉妬が根底にあるのです。ちなみに先ほどお風呂場《ふろば》で捕縛されたことは、針を刺《さ》したので勝ったと思い込んで油断したからだと思っているようです』

これには流石《さすが》に腹が立った。ずっと親友だと思っていた相手が俺を見下したうえで、どうしても唯一《ゆいいつ》俺に勝てないフィリアの事に対し、俺を排除《はいじょ》して勝利しようとしたのは我慢《がまん》できそうにない。フィリアを完全に戦利品扱《あつか》いしているのだ。

確かに俺が生き返っていなければ、公爵家のラエルがフィリアの家に婚約《こんやく》を申し込み、間違いなくラエルの計画通りフィリアとの婚約は成立していただろう。王族の公爵家というのはそれほど権力のある家格なのだ。

死闘での勝負の結果は絶対だ。フィリアを賭けてとの事なら、もしラエルが勝てば今回の件はラエルの暗殺は決闘で帳消しにされ、俺の一人負けとなるだろう。父様も叔父様もまさかラエルが素手で勝ちを狙《ねら》っているとは思ってもいないだろうな。

「ラエル分かった。俺が自ら逝《い》かせてあげるよ。フィリアを賭けるのなら一対一の正式な古来のルールに則《のっと》った真剣《しんけん》勝負で、お互《たが》いに一切《いっさい》手加減なしだ」

「な！　お前が俺に勝てるわけがないだろう！　ふざけんな！」

「何でも有りの真剣勝負なら、俺はお前には絶対負けない。さっきお風呂場で捕《つか》まったのをもう忘れたのかい？　フィリアを賭けるのなら、ハンディキャップなんかあったらフィリアに失礼だ。彼女は俺が死守するよ」

「はぁ……その条件で良《い》いよ。じゃあ、やろうじゃないか」

『……ククク、ラエルのやつ腹の中では小躍《こおど》りしています！　ああ、ラエルの内心をマスターに見せられないのがもどかしいほど滑稽《こっけい》です』

『そこまで歪《ゆが》んでしまっているのか……溜息《ためいき》ついて残念な奴を見る目をしやがって！』

「叔父様もそれで宜《よろ》しいですか？」

「リュークには申し訳ないが、そうしてくれるなら有り難い。ラエルに不名誉な死を与えるくらいなら、決闘の末という事の方がどんなに良いか……」

＊＊＊

現在ラエルの拘束を解いて決闘に向けての準備中だ。ラエルの【亜《あ》空間倉庫】内にあるものを全て出させて装備品以外のものを空にする。死んだ瞬間《しゅんかん》中の物がぶちまけられるため、決闘時の作法としてこういう取り決めがなされているのだ。勿論《もちろん》暗器や替《か》えの武器などは入れておいていい。何でもありの死闘だ、毒針などの使用も許可されている。

ここには身内しかいない。カスタルも騎士舎に連れて行かれて尋問《じんもん》中だ。この場にいるのは、ガイアス隊長、ゼノ父様、ゼファー叔父様、サリエ、俺、ラエルだけだ。

「不肖《ふしょう》ながら、わたくし一番隊隊長のガイアス・F・ドーレストがこの決闘の見届け人をさせていただきます。賭けるものはお互いの名誉とフィリア嬢《じょう》、ルールは何でも有りの時間無制限、決着はどちらかの死という事でよろしいですか？」

「「了承《りょうしょう》する！」」

「では始め！」

本気を出せば3秒で終わるが、舐《な》められたまま終わるのは釈然《しゃくぜん》としない。剣《けん》で少し打ち合ってみることにする。ナナは魔法《まほう》科の首席合格者だが、ラエルは騎士科の今年度の首席合格者なのだ。どれほどの実力者か興味はある。

向かってこないので俺の方から仕掛《しか》ける……2撃、3撃と打ち合うが、全然俺の速度に付いてきていないし、ラエルの剣はとても軽い。

サリエ……お前強すぎだ！　朝サリエと稽古《けいこ》したせいで、ラエルももっと強いイメージを持っていたのだ。まさか練習試合の時とあまり変わらないとは思ってもいなかった。

確かにラエルは強い。でもあくまで同年代と比べたらという事だった。【身体強化】と【腕力強化《わんりょくきょうか》】がMAXな俺に入学前の学生程度が勝てる訳がなかったのだ。ラエルの剣が止まって見える。

「何だよお前！　稽古の時は手を抜《ぬ》いていたのか！」

「ああ、犯人がお前だと分かっているのに、手を晒《さら》す必要ないだろ？」

「クソッ！　クソッ！　こんな奴《やつ》に俺が負けるはずがないんだ！　全《すべ》てに於《お》いて俺が勝っていたはずだ！　クソッ！　クソッ！　死ね！」

ラエルは、毒の入った瓶《びん》を投げつけてきた。

これを剣で弾《はじ》いたり、体にぶつけてしまうと薄《うす》くて脆《もろ》い瓶が割れ中の液体を被《かぶ》るようになっている。まぁ、止まっているように見えているので、あっさり素手で割らないようにキャッチする。ラエルも魔法を少し使えるが、普通《ふつう》は詠唱《えいしょう》が要《い》るので、決闘では使えない。

だから敢《あ》えて実力差を見せつけるために【無詠唱】で中級魔法の【サンダラスピア】を

視覚外から落とし、その硬直中《こうちょく》に一瞬で間合いを詰《つ》め、心臓を一突《ひとつ》きにした。

首を薙《な》いだ方が苦しまないだろうが、血飛沫《ちしぶき》が舞《ま》うところなんか見たくなかった。

「グッ……【無詠唱】まで使えるのか……まさか本気でやってお前に負けるとはな……」

俺は結局ラエルを殺せなかった……心臓を狙った剣の一突きは、心臓の上の鎖骨《さこつ》の下に突き入れていた。咄嗟《とっさ》にずらしてしまっていたのだ。

「悪い……人を殺すなんて俺にはできないよ……」

「リューク！　俺に生き恥《はじ》を晒せというのか！」

「ごめん……」

ラエルが出血死しないように、中級回復魔法の【アクアラヒール】を掛《か》ける。完敗して死を望んでいるラエルは、俺の行為《こうい》を腹立たしそうに睨《にら》んでいる……。

「ん！　ヤッター！　リューク様の圧勝！　リューク様かっこ良かった！」

シーンと静まり返った中、場違《ばち が》いなサリエのはしゃいだ声が響《ひび》き渡《わた》った。

俺の父様は隣《となり》に実の弟が居るので大手を振って喜べないでいる。

叔父様《おじさま》も殺されなかった息子を見て安堵《あんど》しつつも、複雑な表情をしている。今後のラエルの事を思っているのだろう。

怪我《けが》を負ったラエルはガイアス隊長に連れられて行った。

ラエルの事を腹立たしくは思ったが、俺には殺人なんてどうしてもできなかったのだ。

当たり前だ……俺は異世界で楽しく遊びたいだけなんだもん。

端《はな》からそんな覚悟《かくご》も無いのに、殺人なんかできる訳がない！

「兄さん、ラエルをどうするか話し合おう。リューク、愚息《ぐそく》のために迷惑をかけた……」

叔父様は俺に一言そう言って、鍛錬場《たんれんば》から1人先に出て行った。

これで一先《ひとま》ずリューク暗殺事件は解決した。事後処理は父様たちがしっかりやってくれることだろう。

俺もこれでやっと安心して異世界を満喫《まんきつ》できる。

＊　＊　＊

ラエルとの決闘から現在3時間が経《た》っている。

間で昼食を摂《と》ったが、ラエルの今後が気になって食欲《しょくよく》はあまりなかった。

アリア様……ただ異世界ライフを楽しみたかっただけなのに、死闘までさせられるとは思っていなかったですよ。ちょっと酷《ひど》くないですか？

本館に行き、父様と叔父様にサリエと俺で事の詳細《しょうさい》を説明する。【無詠唱】の事や、急に強くなっている事を色々聞いてきたが、女神様《めがみさま》との約束で言えないとまたごまかした。

「また女神様か……どんなスキルなのかは？」

「はい、内緒《ないしょ》です」

「むぅ～、隠《かく》し事は気に入らんが、女神様の意向なら強く言えん。それにしても随分《ずいぶん》サリエが懐《なつ》いているようだな……あの人見知りの激しいサリエとは思えないほどだ」

「父様には感謝しています。とても良い侍女《じじょ》です」

「そうか、じゃあこのまま学園もサリエで良いのか？　事件が解決したのだ、執事《しつじ》の方に変更《へんこう》しても良いのだぞ？　成績自体は彼の方が数段上だしな」

父様はバカだ……サリエから物凄《ものすご》い殺気が父様に放たれた。

「待てサリエ！　そんな今にも殺してやるみたいな殺気を放つな！　凄《すご》いな、S級魔獣《まじゅう》並みの殺気だ……」

「父様、暗殺者の方はまだ捕《と》らわれていないのです。万が一もありますし、サリエは戦闘《せんとう》以外でも優秀《ゆうしゅう》です。言葉遣《ことばづか》い以外では文句は無いので、このままサリエを侍女として連れて行こうと思います」

「ふむ、分かった」

「学園なのですが、俺が【テレポ】を習得しているので一度俺だけ王都に【テレポ】で連れて行ってもらえないですか？　そうすれば後は俺が全員学園に送ることができます」

「どういう事だ？　言っていることが今一理解できないのだが？」

女神様のスキルの恩恵《おんけい》で【テレポ】を獲得《かくとく》したとごまかして、大人数の転移移動も可能だと要約して伝えた。

明日は事後処理でごたつくみたいだが、検証も兼《か》ねて明後日の午前中に俺を王都に一度転移させてくれる事になった。大人数でのテレポ移動が可能なら、皆《みな》、入学式に間にあうからね。事件が解決したので本館の自分の部屋に戻《もど》れと言われたが、今日は1人になりたいと西館に泊《と》まる許可をもらった。だって西館だとサリエと2人で居られるからね。

父様と叔父様の話では、ラエルは可哀想《かわいそう》だが決闘の末死んだ事とされ、人知れない地で幽閉《ゆうへい》される事になりそうだ。カスタルだが、1時間もしないうちに全て自白したそうだ。

汚《きたな》い話だが、カスタルが主犯としてこの件の責任を全て負うことになっている。公爵家《こうしゃく》の不始末をもみ消したことになるが、多少の噂《うわさ》は流れてしまうだろう。

第12章　ナナとフィリアの本心を聞きました

俺は現在父様から解放され、西館の自室でサリエと2人でテーブルに向かい合ってお茶を飲んでいる。

「ん、リューク様大丈夫《だいじょうぶ》？」

「正直参っている……」

「ん、リューク様が勝ったのだから、もう忘れよう」

「そうだな……」

『……マスター、面倒《めんどう》な人たちが来ました』

『面倒な人？』

『……フィリアとナナです。ゼノがついうっかり決闘の事を教えたようで、犯人が友人のラエルと知った2人は、詳《くわ》しい事情説明を求めて訪問してきたようです』

『確かにそれは面倒だな……』

「リューク様こんにちは。ゼノ様に決闘をしたと聞いたものですから、心配になって居ても立っても居られなくなってきちゃいました。怪我がなくて安心しました」

「また心配かけちゃったね……ごめんね」

「いいえ、こちらこそ急に訪問してごめんなさい」

「兄様、怪我がなくて何よりでした。それとどうしても聞いておきたいことがございます」

「ああ、いいよ。ラエルの事でしょ？」

「はい。兄様、どうしてラエルが兄様を暗殺しようとしたのでしょう？」

「それにリューク様とラエル様の決闘の理由は何なのでしょう……」

今、父様たちは事後処理でバタバタしている。周りにいる騎士《きし》たちには事の真相は詳しく知らせていない。どうしてラエルと死闘になったのか知りたくて直接聞きに来たのだろう。２人はついさっきまで暗殺者を差し向けたのがラエルという事すら知らされていなかったのだ。それと父様はフィリアに決闘の理由を言うのを躊躇《ちゅうちょ》したようだ……当事者だからね。

「ラエルはフィリアに横恋慕《よこれんぼ》したみたいなんだ。それで俺を事故として暗殺して、後釜《あとがま》に自分が婚約者《こんやく》として名乗り出るつもりだったみたいだ」

「……ラエル様の気持ちは気付いていましたが、まさか殺してまで……」

フィリアも気付いていたんだ……。

「兄様、ラエルの事はショックでした。兄様を殺そうとした事は許せそうにありません！」

目に涙《なみだ》をためてナナが言ってくる。兄ラブなナナからすればそうだろうね。

「今後ラエルは決闘で死亡扱《あつか》いになる。だから多分もう二度と会えない。どこか違う土地で監視《かんし》の下《もと》ひっそり余生を送ることになっている。２人もそのつもりでいてね……公爵家のスキャンダルだから、王家にも迷惑《めいわく》が掛かるので口外無用だよ」

「解《わか》りました……」

「それにしても、リューク様は同年代で一番強いと噂されていたラエルより強かったのですね。フィアンセとして鼻が高いです」

「流石《さすが》です！　自慢《じまん》の兄様です！」

うっ……ごめんなさい……ズルしています！　チートスキル使っています！

「兄様、先ほど実家に寄ってセシア母様に会ってきました。別人のように顔色も良く驚《おどろ》きました。ナナの足の事を知っていたので、動かして見せたら、凄く喜んでくださいました」

「そうか、それは良かった。父様に、さっき子供を作って良いか聞かれたよ」

「兄様は何て答えたのですか？」

「勿論《もちろん》良いよって言ったよ」

「そうですか。セシア母様も子供ができたら嬉《うれ》しいでしょうね」

「そうだね。ナナのような可愛《かわい》い妹がもう1人ほしいな」

「う〜ん、妹はナナだけ居ればいいです！　ナナは弟がほしいです！」

「子供で思い出しましたけど、わたくし、10歳の子供の頃《ころ》にゼノ様に酷いことを言われましたのよ」

「父様はフィリアに何て言ったの？」

「『可愛いだけで取り柄《え》のないお前に才あるリュークは勿体《もったい》ない』って言われましたの
……だから私は神殿《しんでん》に通って聖魔法を頑張《がんば》ったのです」

「父様、フィリアにそんな酷い事言ったの⁉」

「うふふ、酷いでしょう？　今ではお互《たが》いに笑って話せますけどね」

フィリアとナナは俺を気遣《きづか》って、世間話で気を紛《まぎ》らわせようとしてくれているようだ。

自分たちもラエルの事は辛《つら》いだろうに……有り難い気遣いだった。

「ところでリューク様、犯人が捕《つか》まったので学園の従者は執事の方にされるのですよね？」

フィリアの発言でサリエがピクッと反応した。

「いや、このままサリエにお願いするよ」

「ですが兄様、学園は男子寮《りょう》と女子寮に分かれているため男子生徒は執事を、女子生徒は侍女を連れて行くのが通例です」

「侯爵《こうしゃく》以上の貴族には従者用の小部屋が隣《となり》に付属しているし、個人用のお風呂《ふろ》やトイレも部屋に備え付けられているから、結構侍女を連れて行く人もいるそうだよ」

「でも男子寮の中に女子が居るのはやはりどうかと思うのです。それにサリエちゃんにとっても、変な噂が立ったら将来的に婚姻《こんいん》の妨《さまた》げになるのではないですか？」

「ん、私なら問題ない」

「回りくどいのは嫌《いや》だからはっきり聞くね。ナナとフィリアはサリエが俺の侍女になるのは反対なのかい？」

「「はい」」

2人同時に拒絶《きょぜつ》の意思をはっきりと示した。前髪《まえがみ》で表情は窺《うかが》えないが、萎《しお》れた耳を見る限り、サリエはとても悲しそうだ。

「どうしてサリエを嫌《きら》うんだ？」

「嫌ってはいません！　サリエちゃんにリューク様を取られちゃいそうなので、今のうちに遠ざけてしまった方がいいと2人で判断しました」

「兄様のサリエちゃんへの態度で警戒《けいかい》指数ＭＡＸです！」

「2人の気持ちは分かったけど、サリエは侍女として学園に来てもらうからね。フィリアが5年間頑張って聖魔法を努力したように、サリエは8年も頑張って、侍女の座をやっと手に入れたんだ。それにまだ俺を最初に狙《ねら》った暗殺犯は捕らえられてないんだ」

「え⁉　そうなのですか？　まだ命に危険があるのですか？」

「暗殺者の中には暗殺失敗という汚点《おてん》が付かないように、お金抜《ぬ》きでも一度受けた依頼《いらい》は完遂《かんすい》するまでしつこく狙ってくる輩《やから》も稀《まれ》にいるって話だからね。サリエは絶対必要なんだ」

「それならそうと早く言ってくださいまし。無理にサリエちゃんを引き離《はな》そうなどとしなかったですし、このような話も致《いた》しませんでした。おかげで今後サリエちゃんと気まずいではないですか」

「お前たちに変な心配をかけたくなかったし、まさかサリエに嫉妬心《しっとしん》を抱《いだ》くと思っていなかったんだ」

「はぁ～、サリエちゃん。今更《いまさら》厚かましいお願いだけど、リューク様の事死なせないように守ってあげてね。もうあんな悲しい思いだけはしたくないの」

「ん！　任された！　頑張る！」

「サリエちゃん、ナナからもお願いするね。もう兄様は安全なのかと思っていたのに……兄様、もう死なないでね」

「ああ、勿論だ。後で父様から話がいくと思うけど、学園に明後日の午前中に転移魔法を使って行く事になると思うので身支度《みじたく》だけはしておいてね」

「その話はもう聞いています。荷物は先に送っていますので、身一つだけです」

「近日中に向かう気構えと、暫《しばら》く王都だから親しい人にお別れをしておくといいよ」

2人は帰ろうと部屋を出ようとしていたが、フィリアが最後に振《ふ》り返ってこう言った。

「リューク様、ギュッてしてくださいまし。本当にお怪我《けが》がなくて良かったです。あまり心配させないでくださいね」

「ほんとごめんね」

俺は優《やさ》しくフィリアを抱《だ》きしめた。ナナも車椅子《くるまいす》から立ち上がって、俺にしがみついてきた。うんうん、異世界生活はやっぱこうじゃなきゃね！

「兄様、お顔が真っ赤です」

「お前たちが可愛いからだろ！」

第13章　ジュエルに事の顚末《てんまつ》を伝えました

【異世界生活6日目】

ラエルとの決闘《けっとう》より一夜明け、ジュエルに会いに行くとメールを入れ、先にギルドに向かった。どうやら先日のジェネラルの精算も終えているようだ。

大量のお肉を持ち込んだお礼だと、神殿と俺の実家にギルドの方で再度追加のお肉を届けてくれるそうだ。職員総出で作業をしたようで、全部査定も終えていると本日全額支払《しはら》ってくれた。俺の為《ため》に急いだわけじゃなく、街の肉が枯渇《こかつ》気味だったので肉を優先したらしい。暫くはこの分で賄《まかな》えると喜んでくれて、こちらも良い気分だ。ちなみに今回の収入は１２００万ジェニーほどあった。剣《けん》と宝石は売ってないのでこれもいれたら凄《すご》い稼《かせ》ぎだ。

宿屋にいるジュエルの部屋に向かう。

ジュエルは神妙《しんみょう》な顔で出迎《でむか》えてくれた。まぁ当然だ、場合によっては暗殺犯としてそのまま処刑《しょけい》が確定するのだ。

「リューク様、結局どうなったのでしょう？」

「最終的にカスタルの独断で行ったという事で終わらせる。ラエルは別件でフィリアを巡《めぐ》っての決闘で死亡という事になっている。で、吹《ふ》き矢使いの暗殺者は現在国外に逃走《とうそう》中だ」

「そうですか……」

「貴族嫌《ぎら》いなお前からすれば汚《きたな》いと思って納得《なっとく》できないだろう？」

「いえ、公爵家のスキャンダルですからね。一番穏便《おんびん》なやり方じゃないかと思います。実際ラエルを唆《そそのか》したのはカスタルです。全責任を負わされるのはお気の毒様と思いますけど、それも自業自得《じごうじとく》かと……」

「そこまで理解できているならいい。事実だけに固執《こしゅう》して周りが見えないようじゃ役に立たないからね。君にはそういう見識も深めてほしい」

「あの、それで私は今後どういう扱いになるのでしょうか？」

妹が全快して連日豪華《ごうか》な夕食を食べたようだが、その事によってどうもこれまで稀薄《きはく》になっていた生に対しての執着心《しゅうちゃくしん》が湧《わ》いたみたいだ。

ジュエルに【カスタマイズ】を使い、罪歴を消去した。冒険者《ぼうけん》ギルドで再登録する過程で罪歴が有ると引っかかってしまうからだ。

「ジュエルには昨日言ったように、何か有った時には陰《かげ》から俺の護衛をしてもらう」

「分かりました。妹の調子も嘘《うそ》のように良いそうです。姉妹揃《そろ》って一生かけて恩を返したいと思っています」

「いや、君の妹は普通に過ごさせてやってくれ。普通の一般人《いっぱんじん》のように生活させてあげてほしい。お前は妹を支えながら俺の専属護衛をしてくれればいい」

「え〜と、具体的には何をすれば良いのでしょう？」

「とりあえずジュエルには妹を連れて王都に引《ひ》っ越《こ》してもらう。王都を拠点《きょてん》にした冒険者として生活していてくれればいい。もし俺に何かあった時は呼び出しを掛《か》けることにする。お前にマーキングしてあるから、有事の際はお前の前にテレポで飛んで迎《むか》えに行くので、長期の護衛依頼とか、ダンジョン探索《たんさく》とかも受けていいからね」

「マーキングって！　何か付けられた気配はなかったのに、そんなスキルがあるのですか？　じゃあもし私が逃《に》げていたとしても速攻《そっこう》で捕まっていたじゃないですか……」

明確には答えずに、ニヤリと笑ってやったら顔が引きつっていた。

「でもそこが可愛い顔に似合わないギャップとなって凄く魅力《みりょく》的なのかも……それに私たち姉妹も王都に呼んで頂けるのですね」

エッ？　ジュエルちゃん、今なんて言った？　俺はよくラノベに出てくる難聴《なんちょう》系主人公じゃないんだよ？　どちらかというと俺は職業柄《しょくぎょうがら》、人の機微《きび》には敏感《びんかん》な方なのだよ？

今、俺の事魅力的って言ったよね？

　サリエの方からは隠《かく》そうとしない殺気が溢《あふ》れてきた……。

「うわ……サリエ様から凄い殺気が……」

「お前が変な事を言うからだよ……ジュエルが変に不安にならないように先に約束しておく。俺は君を命令とかで死地に向かわせるような事は絶対しない。ジェシルから唯一《ゆいいつ》の肉親を奪《うば》うような真似《まね》は決してしないから安心して」

「本当にそれで良いのですか？　望んで暗殺者になったのではないですが、今更私が普通に幸せに暮らして良いわけがないのですよ？」

「それを決めるのは、第三者じゃないよ。ジュエルが自分で決めればいい。神もジュエルが幸せになるのを認めないのなら君から罪歴を消さなかっただろうと思う。今後の生活は全部自己責任だ。これからもう一度やり直せば良いんじゃないか？　君はまだ17歳なんだし、人生まだまだこれからだよ？」

　宿屋を出て、ずっと黙《だま》っていたサリエが質問してきた。

「ん、リューク様はどうしてジュエルに甘くするの？　一度はリューク様を殺した相手」

「そういうな……彼女はちょっとした事で人生が狂《くる》ってしまったけど、根は良いやつってことはサリエも分かっているだろう？」

「ん、でもやっぱり納得はできない。悪い事したら罰《ばっ》せられないとダメ」

「そうだね、サリエの言うとおりだ。だから俺が彼女を罰してあげるんだよ」

「ん？　どういう事？」

「刑罰《けいばつ》にも色々あるんだぞ？　何も死刑にしたり、苦痛を与《あた》えたり、牢屋《ろうや》に入れる事だけが罰じゃないんだ。人の為に善行をさせることも1つの罰なんだよ。罪に応じて街の清掃《せいそう》を一定期間させる清掃活動が刑罰になっている国も有るんだぞ。更生《こうせい》の望みのある者には、機会を与えるのも俺は大事だと思う。悪いようにはしないから任せてほしい」

「ん、そんな刑罰知らなかった……彼女の事はリューク様に任せる」

　それからサリエと本日手に入ったお金で学園に向かう前に色々買い漁《あさ》った。

「ん、そんなに一杯《いっぱい》回復剤《ざい》をどうするの？」

「俺たちの場合【亜《あ》空間倉庫】と別に時間停止機能の有る【インベントリ】を持っているだろ？　消費期限は関係ないから、物価の高い王都で買うより、どうせなら自領の商都でまとめて買った方が、税収として我が家に最終的に還元《かんげん》されるからお得なんだよ」

「ん！　リューク様頭良《い》い！　やっぱりリューク様は凄い！」

夕刻までサリエとお買いものデートを楽しんで西館に帰った。

＊＊＊

「リューク様、アーン！」

「兄様、ア〜ン！」

「ん！」

「サリエちゃんは侍女《じじょ》のお仕事をしていてください」

「んむ〜〜！　リューク様に毎回一緒《いっしょ》に食事するよう言われている！」

「一緒にお食事をするのは良いですけど、ア〜ンは侍女のお仕事ではないでしょう」

現在西館に戻《もど》り、豪華な夕食会を行っている。

取《あ》り敢えず暗殺事件は解決したのだから、フィリアとナナを呼んで、手に入ったオーク
ジェネラルのお肉で事件解決のお祝いをしているのだ。

俺の目の前では3人の美少女が不毛な争いを行っている。ジェネラルのお肉を刺《さ》したフ
ォークを俺の口元に押し付け、ア〜ンしろと差し出しているのだ。美少女にア〜ンしても
らうのは嬉《うれ》しいのだが、息つく暇《ひま》もなく次々と差し出されても食べきれるものではない。

それとさり気なく、時々サリエに牽制《けんせい》を入れてくるのだ。

フィリアたちに仕事をしろと言われたサリエは、俺のすぐ側《そば》にトコトコやってきた。

「ん、リューク様……お口の横にソースが……」

ペロン！

そう言ってサリエは俺の口元を舐《な》めた……。

「な、な、何をしているのです！」

「ん、侍女のお仕事？　口元を拭《ふ》いたの」

サリエは悪びれる様子もなくそう言ってのけた……耳は真っ赤になっているけどね。

ナナたちに意地悪を言われてカチンときたのだろう。恥《は》ずかしいのに俺への好意を精一杯皆《みんな》の前でアピールしているのだ。

「サリエちゃん、そんなの侍女の仕事ではありません！」

「フィリア、やはりこの小さな可愛《かわい》い小悪魔《こあくま》は要注意人物でしたわね」

「ええ、ナナのいうとおりだったわ……」

サリエも公爵令嬢《れいじょう》が相手でも相変わらずの口調で、段々俺への好意を隠そうともしなくなってきた。雷《かみなり》の有ったあの夜以来、完全に俺はサリエに好かれたようだ。

ナナやフィリアも本気でサリエに意地悪しているようでもなく、キャッキャと3人で楽しそうにはしゃいでいる。ワイワイと皆で食べる夕食は楽しくて、ラエルの事で沈《しず》んでいた気分もいつの間にか忘れさっていた。

明日は学園に向けての転移実験をする事になっている。転移が成功すれば父様に根掘《ねほ》り葉掘り聞かれるのは分かっている。午前中は抜《ぬ》け出せないだろう。実質遊べる時間はもう殆《ほとん》ど無いだろうな。

ナナとフィリアのお願いで、今晩彼女たちもこのまま西館で泊《と》まることになった。危険が無くなったのだから、断る理由もない。

エピローグ　どうやら女神《めがみ》に罠《わな》に嵌《は》められたようです

元の世界に帰る期限はまだ少しだけ残っているが、その時間は父様に捕《つか》まりそうなのでもう元の世界に帰ろうと思う。サリエたちと別れるのは辛《つら》いが、あくまで無料体験だ。サリエに風呂《ふろ》に入ってもらい、俺は疲《つか》れたからと先に就寝《しゅうしん》すると伝えてある。

ベッドに横になり、この6日間に起こった事を思い出す……なにせこの異世界体験はアンケート調査らしいからね。ちゃんと答えられるようにしないといけない。期待通り上手《うま》く答えられたら、また呼んでもらえるかもしれないという、淡《あわ》い期待も有るんだけどね。

いきなりの崖落《がけお》ちから始まった異世界ライフだったが、可愛い戦闘《せんとう》メイドが付き、ファンタジーっぽいレベル上げや、異世界の変わった食事なども満喫《まんきつ》できた。可愛い暗殺者に殺されるというヤバイ事件では、犯人が従弟《いとこ》だったという落ちまで用意されていた。

何よりサリエとのお風呂や、ナナやフィリアたちとのイチャイチャが最高だった！　フイリアのような可愛い娘と本当に結婚《けっこん》できたら幸せだろうな。ナナやセシア母様の事も最後まで診《み》てあげたかったな……。

うん！　楽しかったな！　来て良かったと思う！

名残惜《なごりお》しいが、あくまで俺は無料体験のテスターだ！　仕方がない！

『ナビー、そろそろ帰るよ、世話になったね。アリア様、見ているのかな？　帰りますのでお迎えよろしく～』

そういった瞬間《しゅんかん》、フワッとした浮遊感《ふゆうかん》と眩《まばゆ》い光に包まれて例の部屋にいた。

「お帰りなさい。随分《ずいぶん》ゆっくりしていましたのね……」

アリア様はボソッと尻《しり》すぼみにそう言った。相変わらず超《ちょう》美人だが、この1週間で更《さら》に目の下の隈《くま》が濃《こ》くなっているようだ。思念体だそうだから触《さわ》れないのだけど【アクアフロー】で治癒《ちゆ》してやりたいほどだ。

「ええ、本音はもっと時間ギリギリまで居たいのですけどね。猫耳《ねこみみ》ちゃんや犬耳ちゃんをモフモフできてないですし。でも父様に捕まるのを考えると、帰った方がマシかなって」

「ギリギリと言っていますが、約束の期日の7日を2日半ほど過ぎてしまっていますよ」

「エッ⁉　まだ1日残っている筈《はず》ですよ？」

おい！　どうして目を合わせようとしない！

「正確には59時間と12分オーバーです。ですので、申し訳ないのですが、延長料金が発生いたしております」

おいおい、何を言っているのだ？

「え〜と、お気持ちは分かりますがどうか冷静にお聞きください」

そう言えば俺の思考が読めるんだったな。ああ、ちゃんと説明してもらおうか。

「で……どういう事か早く説明してくれる？」

「はい、勿論懇切丁寧《もちろんこんせつていねい》に説明させていただきます」

そう女神が言った時点で、ある結論に至った。

クソッ！　こいつ、俺を引っ掛《か》けやがった！

「違《ちが》うのです！」

「女神なのに嘘《うそ》を言うのか⁉」

「ごめんなさい！　仕方がないのです！　もうあなたに頼《たよ》るしかないのです！」

速攻《そっこう》で認めやがった！　そうなのだ……これは単純な引っ掛け詐《さ》欺《ぎ》だ。

7日間と期日を指定し、あの世界に女神は俺を送り込んだ。俺が目覚めたのは葬儀《そうぎ》中の時だった。この世界で女神と初めて会った時にリューク君は現在葬儀中と確かに言っていたのだ。だがそれこそが彼女のトラップだったのだ。確かにあの転生をする前に彼女はこう言っていた。リューク君が死亡する前の事故の瞬間に転生させると。

俺が最初に目覚めたのは馬に吹《ふ》き矢を当てられ、崖を落ちる直前だった。

俺は崖に落ちてから、3日間女神に態《わざ》と仮死状態にされ、この意図的な時間差をつくられて誤解させられたのだ。本当の目覚めは葬儀中のあの時じゃなく、崖への落下直前の、あの20秒にも満たない覚醒《かくせい》の時だったのだ。最初は美味《おい》しい話だからと疑っていたのに、異世界に行けたことで浮《う》かれてちょっとした引っ掛けに騙《だま》されてしまったのだ。

確かにこの女神は嘘を言ってない。本来の時間がきても俺に伝えないで、意図して放置しただけだ。そういえば、ナビーが2日ほど前に何か言いたそうにしていた日があった。

こいつがナビーを口止めしやがったんだな！

まぁ、今更《いまさら》いっても仕方がない。料金とか言っていたが、確か時間の摺《す》り合わせだったな。丁度ゴールデンウィークで俺は10日の休みをもらっていた。時間を3日分支払《しはら》っても全く問題ない。どういう意図で俺の3日を奪《うば》ったのか理由は解《わか》らないが、3日程度なら許容範囲《はんい》内だ。俺の思考を必死で読んでいるのだろう。時々目が合っているのだが、さっと逸《そ》らしてしまう。

こいつまだ何か隠《かく》しているのか？

「おい、まだ何かあるなら早く吐《は》け……」

「ごめんなさい！　こちらとあちらの経過時間が多少違っていまして、頂く時間は59時間ではないのです。こちらの1時間はあちらでは約半年、４３８０時間が経過します。59時間オーバーですので２５８４２０時間分を頂くことになります。29年と６ケ月です。現在、小鳥遊龍馬《たかなしりようま》さんはもうすぐ53歳を迎《むか》えようとしています」

29年というふざけた年数を聞いてしまった瞬間、俺はこの人生の中でも一度もないくらいの激怒《げきど》で我を忘れてしまった。俗《ぞく》に言うブチ切れると言うやつだ。女神に摑《つか》みかかったのだがそのまま素通《すどお》りして、バランスを崩《くず》して転倒《てんとう》してしまう。

それがまた無性《むしよう》に腹立たしい……。

「本当にごめんなさい。どうか冷静になって少し話を聞いてくださいませんか？」

29年も不当に奪われて、冷静でいられるわけがない！

アリアは土下座になって平謝りしているが、そんな事で許せるような事案じゃない。

思念体ならもしやと思い魔法を放つ。初級の軽度のものだ。いくら怒《おこ》っていても怪我《けが》するほどの威力《いりよく》の魔法は使わない。魔力を感知したのか一瞬だけ頭を上げてこっちを見たが、直《す》ぐに額を擦《こす》り付けるほどの土下座の姿勢に戻る。放った魔法は全く効果無しだ。いや、効果はあるのだろう。シールドで完全に防がれているのだ。こっちを見るまでもなく無防備な土下座の体勢で余裕《よゆう》で凌《しの》いでいるのだ。【多重詠唱《えいしょう》】を使い連弾《れんだん》で撃《う》ち込んでいるのだが、一向にシールドが解ける気配がない。リバフしている魔力の気配すらないのだ。ダメージ吸収がいくつあるのか底が知れない。連弾の轟音《ごうおん》で肉声が聞こえないと判断した女神は念話で話し掛けてくる。

『龍馬さんごめんなさい。どうか冷静になってください』

冷静になれる訳ないだろうが！　何やら理由がありそうだが、こいつは俺を詐欺に嵌め、人生の大半を奪ったのだ！

悪魔が願いを聞く代わりによく寿命《じゅみょう》を頂くと言うが、それより性質《たち》が悪い。悪魔の方が可愛気がある。悪魔は寿命を取るが、それは本人の願いと引き換《か》えだから納得《なっとく》済みだ。悪魔契約《けいやく》と言うが、あくまでも契約なのだ。

魔法の連弾を繰《く》り出しているが、どの系統の魔法を放っても怪我どころか頭さえあげさせる事ができずにいる。もうすぐＭＰが尽《つ》きてしまう。

俺は何も仕返しできないまま終わるのか……腹立たしい。

ここで俺はある事を考え付いた。頭を下げて俺の思考を読んでない今がチャンスかもしれない。魔法《まほう》の連弾に紛《まぎ》れて【魔糸】を放ったのだ。そして手に絡《から》めてギュッと両手を拘《こう》束《そく》した。エッ⁉ って顔でこっちを向いたのだがもう遅《おそ》い！　速攻で【魔枷《まかせ》】を手に嵌める、そして魔糸で足を閉じさせ足も【魔枷】で拘束する。思ったとおり魔力でできている【魔糸】でなら女神に触《ふ》れられるのだ。

枯渇《こかつ》寸前だったMPを【魔糸】のドレイン効果で女神アリアから吸い取る。

「龍馬さん⁉　ちょっと！　えっ外れない⁉　魔力が出ない！」

「あはは、アリアちゃん、これでやっと仕返しができるね？　俺の事覗《のぞ》いていたのならこの魔法がどんなものか知っているよね？」

もう嬉《うれ》しくて思わず女神を『ちゃん』呼ばわりしてしまった。俺はおそらく今とっても素敵な笑顔《えがお》をしているだろう。心の底から嬉しいのだから仕方がない。【サンダラボール】を手に浮かべて周りにバリバリッと放電音が鳴り響《ひび》いた瞬間アリアは慌《あわ》てて制止してきた。

「龍馬さん待ってください！　女神でもこの状態だと死亡します！　死んじゃいます！　本当に死んじゃうので待って～！」

もう必死だった……目に涙《なみだ》さえ浮かべて懇願《こんがん》してきた。

「マジで死んじゃうの？　この世界の主神様が？　実体が無いのに死ぬとか言っちゃって……また俺を嵌めようとしているの？」

「嘘なんて私は何一つ言っていません！」

「そうだね、嘘は言ってないよね。俺を引っ掛けただけだよね。確かに嘘は言ってない」

さてどうしたものか……殺したり怪我をさせたりしたいわけではない。でも彼女の話はこれ以上聞きたくない。今度はどんな罠を仕《し》掛けられるか解ったものじゃない。

こんな詐欺紛《まが》いな事をするくらいだ。さっき仕方がないとか俺に頼るしかないとか言っていたし、俺に何かさせたい事があるのだろう。

日本では23歳の普通《ふつう》の一般《いっぱん》人だ。そんな俺に利用価値など無いと思うし、何をさせたいのか興味はあるが、俺は何もする気はない。だから聞かない。聞くときっと何かやらされる。詐欺師の話は聞いちゃダメだ。

「少しだけ私の話を聞いてください！」

五月蝿《うるさ》いので、魔糸を使って口を塞《ふさ》いだ。

「詐欺師の話は聞かない。さて、どうお仕置きしようかな」

少し考えて妥当《だとう》な罰《ばつ》を思いついた。

「俺を嵌めたアリアちゃんの罰を思いついた。俺のいた世界では日本だけじゃなく、世界共通の罰の与《あた》え方がある。悪い事をした子はお尻ペンペンだ！」

【魔糸】を使って女神《めがみ》アリアを強制的に犬のように四つん這《ば》いにする。女神は白いシスター服のような膝下《ひざした》ぐらいの丈《たけ》のワンピースを着ている。中には白いトレンカレギンスのようなものを穿《は》いているようだ。

アリアちゃんは顔を赤らめイヤイヤしているが、俺の29年を奪ったのだ、そう簡単に許してあげない。アリアちゃんは羞恥《しゅうち》で真っ赤になって涙目だ……流石《さすが》に脱《ぬ》がすのは可哀想《かわいそう》かな……止《や》めておいてあげよう……だが、ここからが罰の本番だ。【魔糸】でしか触れないので鞭打《むちう》ち刑《けい》になってしまうが、細いと怪我をさせてしまう恐《おそ》れがあるので、ハエ叩《たた》きのような物に変形して硬《かた》さも少し柔《やわ》らかめのものをイメージした。

「アリアちゃんの処罰《しょばつ》は、お尻ペンペン百叩きに決定しました～」

【魔枷】を嵌《は》められたアリアちゃんはどうやら俺の思考も読めないようだ。

パチン！

可愛《かわい》いお尻を叩くといい音がした。『ウッ～！』と言って、ビクッとなったが、怪我をする事はなさそうだ。パチン、パチン、パチンと左右順番に数を数えながらお尻を叩いて行く。22

回目なのだがアリアちゃんは叩かれるたびにビクンッと跳《と》び上がる。

「この世界の主神にこんな事をしているんだ。流石《さすが》に天罰が下《くだ》るだろう。まぁ～下すのはアリアちゃんだけどね～。どうせあっちに帰ってもおっさんなんだろ？　もうどうでもいいよ。百叩きが終わったら解放してあげるから、俺を罰すればいい」

アリアちゃんは首を振《ふ》って否定してるが、何かさせようと交渉《こうしょう》する気だろう。だが、俺は一切《いっさい》何もする気はない。

30回目をペチンとやった時にバリバリバリッという放電音とともに眩《まばゆ》い光に包まれて爺《じい》さんが現れた。あ、これやばい人だ。人じゃないな……神か。本能的に悟《さと》ってしまう。どうやら違う神がアリアちゃんを助けにきたのだろう。そうだよな、主神がお尻《しり》ペンペンされて黙《だま》っている訳ないよね。

爺さんと俺はお互《たが》い何も言わず見つめ合っている。

だが、俺の手は10秒毎にペチンとやるのを止《や》めない。アリアちゃんは現れた爺さんを見て顔を真っ赤にさせて何か叫《さけ》んでいるが、口を【魔糸】で縛《しば》られているので、『ん～！』とか『ウ～！』としか言えない。

「ウヒャハハハ！　お主、面白《おもしろ》いのぅ！　この世界の主神にお尻ペンペンだけでも驚《おどろ》いて

いるのに。儂《わし》を見ても驚くどころか、その手を止める事もせんとはな。実に面白い！　これほど面白い見世物《みせもの》は数万年ぶりじゃ！」

ん？　数万年ぶり？　ナビーがこの世界はまだできて新しいと言っていたよな？　じゃあこの爺さんはこの世界の神の1人じゃ無いって事なのかな？

ペチン！

「頭も良いようじゃ。其方《そなた》の気持ちも分かるのじゃが、そろそろアリアを許してやってくれぬかの？　流石にこの世界の主神じゃから、部下にあたる神々に体裁が悪いのじゃ。課長職だったお主なら解るじゃろ？」

やはりこの神様も思考を読んでくる。

ペチン！

「あなたは、もしやアリアが言っていた創主様とかいう存在の方ですか？」

「うむ、この世界を創《つく》った存在で合っておる。もはや主神を呼び捨てとはびっくりじゃ。ククク」

「敬う心があるから人は神に様を付けて呼ぶのです。この詐欺師《さぎし》に今後、様は付けたくないですね」

ペチン！

アリアのお尻を散々ぶって、俺の気も幾分《いくぶん》晴れた。創主とやらが出張ってきたのだ。相手が一方的に力を使えば俺の事なんか存在そのものが一瞬《いっしゅん》で消し去られるだろう。俺の暴拳もここまでだな。

創造神という凄《すご》い存在だが、偉《えら》ぶる事も強要する事もしない。こっちも態度を改めるしか無い。アリアのお尻に【アクアラヒール】を掛《か》けてあげ、拘束を解いてあげる。そそくさと身だしなみを整えてから、俺を涙目で睨《にら》みながら訴《うった》える。

「酷《ひど》いです龍馬さん！　少しぐらい話を聞いてくれても良いじゃないですか！」

「詐欺師の話は聞いちゃいけないってのが俺の世界じゃ常識だ」

「詐欺師って！」

「まさか騙《だま》したって意識はあなたには全く無いのか？」

「うっ～」

「良かった……本人に全く悪い事をしたという自覚が無いのなら、お尻ペンペンする意味もないからね」

「あ！　創主様！　挨拶《あいさつ》が遅《おく》れて申し訳ありません！」

「いいよいいよ、面白いものも見られたしのぅ。気にしなくて良《い》いよ、アリアちゃん！」

この爺さん、態《わざ》と俺が言ったアリアちゃん呼ばわりをして彼女を煽《あお》っている。創造神なのにお茶目な爺さんだ。

「う～、恥《は》ずかしい～！　もうお嫁《よめ》にいけない……」

神にも婚姻《こんいん》が有るのか？　そんな訳ないか、多分ものの喩《たと》えなのだろう……。

「アリアよ、流石に可哀想だと思って、この亜《あ》空間の部屋に【ブラインド】の魔法を掛けておいてやった。アリアの醜態《しゅうたい》を見たのは儂と龍馬だけじゃ。龍馬に責任を取ってもらって嫁にしてもらえば良いじゃろう？」

神にも婚姻あるんだ！　だがいくら可愛くても、こんな悪女は皆《みな》、嫌《いや》に決まっているだろう……少なくとも俺はお断りだ！

「悪女って……私、慈愛《じあい》の女神って言われているのに……それにぶたれる前から見ていたのでしたら創主様ももっと早く助けてくださいよ～」

「んひゃひゃひゃひゃ！　アリアちゃん嫌《きら》われておるのぅ。純善な者しか神に選ばれぬのに、悪女とか言われて……ククク、実に愉快《ゆかい》じゃ！」

こいつが純善？　なわけないだろ！　創造神とかいうとんでもない存在が出張ってきたのだ。もう俺に用はないだろう。何か願いが有るのなら、その凄い神様にお願いすればいい。

「アリアちゃん、俺に何かさせたいようだけど全《すべ》てを総《す》べる創造神が来てくれたんだ。もう俺に用はないだろう？　お願いは創主様に言ってくれ。俺はおっさんの体には戻《もど》りたくないから、できれば安楽死させてほしい」

「そんな……少しだけで良いので私の話を聞いてください！」

「だから聞きたくないと言っているだろ。こうやって言い合っている事すら時間の無駄《むだ》だ」

「今、あなたの体でリューク君は生活しています！」

こいつ強制的に聞かせようとしている！

クソッ、たった一言だけで気になること言いやがって！

「龍馬よ、そう意固地になるでない。耳は聞くためにあるものだ、そして頭は考えるためじゃ。目は見るためじゃ。見て聴《き》いて、考えるのじゃ。結論はそれから出すものじゃ。何もしたくないからと死を選ぶのも勿論《もちろん》有りだが、聞く前から死を望むのはつまらんのぅ」

「創主と言うだけあって、ごもっともな意見ですね」

「其方が面白いのでのう。女神のお尻ペンペンとか初めてじゃ。今後おそらくこのような面白い事は当分無いじゃろうな。良いものを見せてくれたから龍馬に合わせた言い方をしてやったのじゃ」

「他《ほか》の奴《やつ》なら違《ちが》う言い回しをしたのですか？」

「当たり前じゃ、興味も湧《わ》かない奴に使う時間など儂にはない。色々忙《いそが》しいのじゃぞ」

「ちなみに興味のない奴にはどう言うのです？」

「死にたいなら勝手に死ね……じゃな。それこそ時間の無駄じゃ」

「うわ～身も蓋《ふた》もないですね」

「それより創主様はどうして龍馬さんに興味をお持ちなのですか？　そもそも末端《まったん》の世界に降臨されること自体あまり無いですよね？　数億年振《ぶ》りとかじゃないですか？　少なくとも私が誕生してからの記憶《きおく》には無い事です」

「今はまだ秘密じゃ。ところで龍馬よ。其方から見て儂はどう見えておる？」

「人の好《よ》さそうな爺さん……」

「ふむ、だがその姿は其方がそう思っておるからそうなったのじゃ。この儂の喋《しゃべ》り方もそうじゃの。この世界に顕現《けんげん》するときに、其方の思考からこういうものじゃとイメージ付けられてこうなった。儂の存在は意思を持ったエネルギー生命体というのが一番しっくりくるかの。面白いじゃろ」

　確かに面白い興味のある話なのだが……。

「結局アリアと創主様は俺に何をさせたいんだ？」

「ふむ、モーゼ・シヴァ・ジャンヌダルク・ハンニバル・スサノオとかの名に覚えがあるじゃろ？」

「神話とか歴史上に出てくる伝説上の者たちの名だな。神と崇《あが》められていた者もいるな」

「皆《みな》、地球の神によって上位世界から勇者召喚《しょうかん》された者たちじゃ。今の其方と同じじゃな」

魔法《まほう》で海を割ったとか、シヴァってインドの神だっけ？　ジャンヌは剣士《けんし》？　スサノオも確か日本の神だったな、ヤマタノオロチとかの奴だよな？　凄い剣《けん》を創って納刀したとかの。

あれ？　これって……まさか！

「そうじゃ、其方のように召喚された時にスキルを１つ授《さず》けられたのじゃ。この者たち以外にも歴史の節目に聞く名の中に、異世界人が結構いるものじゃ。与《あた》えられた役割も皆様々じゃが、上手《うま》く使命を果たせた者もいれば、志半ばで潰《つい》える者もいる。シヴァとかはちょっとやり過ぎおって破壊《はかい》神とか言われておるがのぅ」

神とか言われている神話の者たちが、実は魔法使いに剣士に鍛冶《かじ》師だっていうのか？

「俺にも彼らのように何かをやれって言うのか？　先に言う！　絶対嫌だからな！」

「どうしてです！　最後まで話を聞いてから決めたらいいじゃないですか！」

「アリア、お前知らないのか？　その伝説の人物たちの殆《ほとん》どは不幸な死を遂《と》げている。それも同じ人間によってだ。何かやって幸せになるどころか、殺されちゃ敵《かな》わん。ジャンヌは魔女として火刑《かけい》だったかな？　自殺や毒殺なんかも歴史上の英雄《えいゆう》には一杯《いっぱい》いる。俺はそんなの嫌だからな！　あぶね～何かやらせておいて口封《くちふう》じに最後に殺しているのだろ？」

「創主様、そうなのですか⁉　使い捨てにしていたのですか⁉」

「アリアよ、そんな訳ないじゃろ。何、龍馬に感化され毒されておるのじゃ」

「違うのか？」

「神話や伝承など殆ど作り話じゃ。美化されていたり、脚色《きゃくしょく》されて大きな話になっておるのじゃ。そもそも海を割れるほど高位の魔法使いが、剣や槍《やり》を持っただけの雑兵などにどうこうできると思うのか？　万の軍を1人でいなした女騎《き》士《し》をどうやって捕《と》らえて火刑にできるのじゃ？　今のお前でさえ、戦い方次第《しだい》であっという間に国を滅亡《めつぼう》させられるであろう？」

「確かに……大した武器もない古代人が、チートスキルを得た者相手にどうこうできる筈《はず》がない……」

「其方がアリアの話を聞きたくないのであれば、儂が説明してやるがどうじゃ？」

「………………」

「ふむ、別に儂は其方に何も強要する気はないぞ。女神《めがみ》のお尻をペンペンした奴を直接見てみたくて来ただけなのじゃ。流石にお仕置きシーンを他の男神に見せるのも可哀想《かわいそう》じゃったしのぅ」

「創主様の話だけは聞いてみる。だけど、聞いたからといって何かする気はない。それでもいいか？」

「ふむ、聞かぬ事には現時点でお前がした判断が正しいのかどうかすら分からぬのであろう？　さっきも言ったが、まずは見て聴いて考える事じゃ」

「解《わか》った。とりあえず黙《だま》って最後まで聞く」

「ふむ、これで話が進むというものじゃ。お前が気になっているであろう事から順に話していくとするかのぅ。まずは其方の体が今どうなっておるかからじゃ。どうやらアリアの詐欺《さぎ》で其方の時間を奪《うば》って現在もうすぐ53歳になるようじゃ。すまぬのぅ」

「うわっ！　創主自ら詐欺って言っちゃったよ！」

「創主様、詐欺ではありません！」

「アリア、あれは契約《けいやく》詐欺の手口じゃ。話が進まぬので少し黙っておれ」

「申し訳ありません……」

アリアの奴、涙目《なみだめ》になってめっちゃシュンとなった。

「龍馬の体にはリュークが入って龍馬として約30年過ごしたようじゃな。今は結婚《けっこん》して3児の父になっておる。其方の両親の面倒《めんどう》もちゃんと見ておるようじゃぞ。其方と同じで記憶に影響《えいきょう》されるので家族の事は大事にしておる」

リュークう君、結婚して3人も子供が居るのか……それじゃあ、もうこっちには帰りたくないだろうな……。

「最初はフィリアにもう一度会いたい一心で、龍馬の体で待機する事を選んだようじゃ」

「そういう事か。アリア、お前ホント嫌な女だな！　人の弱みに付け込んで……リューク君も向こうで妻や子供が居るならもうこっちには帰りたくないのではないか？　どうしてフィリアを諦《あきら》めて、向こうで結婚したのかは分からないけど……」

「その通りじゃ。あちらで恋人《こいびと》ができ、第一子が生まれた時にはもうあちらでの生涯《しょうがい》を望んでおったようじゃ。アリアの策謀《さくぼう》で可哀想に……其方《そなた》がいつ帰還《きかん》を望むかビクビクしながら数十年怯《おび》えて今に至っているわけじゃ。リュークの未練はフィリアが一番なのじゃが、今の家族と天秤《てんびん》にかけたら、比べるまでもなく結論は出ているようじゃ」

「フィリアたちが気に入らないのでしたら、世界に旅に出れば良いのですよ！　あなたの好きなケモミミ娘《むすめ》の沢山《たくさん》居る獣国に行ってみましょう！」

「俺が何時《いつ》フィリアたちの事を気に入らないと言った！　アリア、お前全然反省してないな！　ただ世界に早く放《ほう》り出して何かさせたいのだろう！　この駄女神《だめがみ》が！」

【魔糸】と【魔枷《まかせ》】で即座《そくざ》に拘束《こうそく》し、さっきより強めにお尻《しり》ペンペンする。

「イタッ！　ごめんなさい！　学園の3年間が勿体《もったい》ないかな〜ってイタッ！　ごめんなさい！　反省しています！　もうお尻ぶたないで〜！」

「ヒャハハッハ、ゲホゲホッ……ガハァッ」

創主の爺《じい》さんは笑い過ぎてむせ込んだようだ。

「ふぅ〜死ぬかと思った。龍馬よ、危《あや》うく笑天《しょうてん》するかと思ったわ」

色々掛《か》けたダジャレのつもりか？　実体のないエネルギー精神体とか言ってたくせに、死ぬわけがないでしょ！

「創主様、このまま俺が死を望んだ場合はどうなりますか？」

「どうもならんぞ。リュークはお前の体で龍馬として寿命《じゅみょう》を全《まっと》うし、其方はリュークとして生を終えるだけじゃ。この亜《あ》空間にくる時のままの状態、つまりベッドで眠《ねむ》ったまま死亡じゃの……原因不明の急死になるだろう。サリエは少し責を取らされるかもしれぬがな」

「何でサリエが？　知らない間に勝手に俺が死んでいただけでしょう？」

「何のための控《ひか》えの侍女《じじょ》だって話じゃな。回復魔法がある世界なのだぞ。『なぜ主《あるじ》が死亡するまで気づかなかった』と責められるのは、理不尽《りふじん》だが当然じゃろう。まして此度《こたび》は主のお前が入浴していないのに、侍女のサリエが先に風呂《ふろ》に入っている間に亡《な》くなっていたという、サリエにとっては不運としか言いようのない状況《じょうきょう》じゃ」

「はぁ～戻るのもダメ、死ぬのもダメ。俺は、リュークとしてアリアに何かやらされるしかないのかな？」

「龍馬よ、何もしなくても良いと何度もいっておるじゃろう。流石《さすが》に元の時間に戻して、『無かったこと』にはできぬので状況はこのままじゃが、これ以上其方らに負担を掛けたくはないからのぅ。変に思い悩《なや》まず、気ままにやればよい。元々異世界生活は其方も望んでいたことだろう？　機会があれば行ってみたいと思っておったじゃろ？　元々そういう属性持ちの奴が勇者として選ばれるのだからな。かなりの神力を使って召喚したのに、ホームシックで直《す》ぐ帰りたいとか言われたら堪《たま》らんからのぅ」

「確かに俺はそういう気質だけど……詐欺っぽく捕《つか》まって、半強制的に何かさせられるのは嫌《いや》なんだよ……」

「でも龍馬さん、最初に会った時点で勇者召喚の話をしたら絶対断っていたでしょ？」

「確かに最初に勇者になってくれとお願いされていたら、その場で断っていたけど。俺には英雄願望も、勇者願望も、聖人願望も無いからね。どうしてこんな自己中な俺を選んだのか理解ができないよ」

「詳《くわ》しくは言えぬが、違う世界同士を繋《つな》ぐのじゃ。召喚時の波長やタイミングなどが有って、人選は色々面倒なのじゃぞ」

「そういうものなのか……」

「せめてもの詫《わ》びじゃ、与えたスキルもそのまま使えばよい。世界に危険がない限り制限もかけないから、やりたい放題やればよいぞ。その国が気に入らなければ、アリアの言うように外の世界に出ても良い。お前も言っていたようにヒーラーはどこの国に行っても歓《かん》迎《げい》されるしのぅ。特に何かをやれとかも言わぬので、好きに生きればよい」

「創主様！　それでは私が困るのです！　今度の邪神《じゃしん》は厄介《やっかい》なのです！」

あ！　今こいつ邪神って言いやがった！　確かに魔《ま》王《おう》が相手ではないが、神が相手とか魔王以上じゃないか！　じゃあ、ラスボスは邪神なのか……この世界マジでヤベー！

「アリアは黙っておれ。お前のやり方がちょっとグレー過ぎるのじゃ。龍馬が怒《おこ》るのも当然じゃぞ。龍馬よ、本当はアリアも其方の事は心底心配しておっての。お前を送ってから6日の間一睡《いっすい》もしないでお前の事を見守っておったくらいじゃ。心の底から申し訳ないとも思っておる。本当に何もせんで良いから、只《ただ》生きろ。死んではつまらん……良いな？」

創主の爺さんは、敵の話や何かをやれなどという事は一切《いっさい》言わなかった。好きに生きろとだけ俺にいう。アリアは創主の発言に困り顔だが、爺さんは意に介《かい》した様子もなく平然としている。

本来アリアのいう通り、俺は異世界とかに憧《あこが》れていた人間だ。叔《お》父《じ》に社畜《しゃちく》のように働かされて、休日は疲《つか》れて殆《ほとん》ど家からも出なくなっていた。収入は良くても毎日が楽しくなかったのだ。サリエやナナやフィリアの事を思い出す……楽しかったな。

邪神が居るという危険なこの世界……少し悩んだが俺は決断する。

「創主の爺さんのいう通り、リュークとして生きてみるよ。でも本当に何もしないからね？」

「邪神退治とかふざけるなだ！　そんなおっかない事、俺は真《ま》っ平御免《ぴらごめん》だ！　アリアと爺さんでなんとかしろ！

「フォッフォッフォ、それで良い。死んではつまらん。只、折角の異世界なのじゃ、楽しく生きる努力はするのじゃぞ？　な～に、ここまで儂《わし》も係わったのじゃ、いざという時は手を貸してやるで、其方は何もせんで良い。フォッフォッフォ……」

創主様自ら俺を送ってくれるようだ……。

眩《まぶゆ》い光から解放され目を開ければ、ベッドでサリエに膝枕《ひざまくら》をされ頭を撫《な》でられていた。

「ん、怖《こわ》い夢でも見た？」

何を言っているのかと思ったが、どうやら俺は眠りながら泣いていたらしい。

「ん……少しうなされていたから起こそうかと思ったけど、直前に優《やさ》しく笑ったから起こさなかったの……」

俺が笑ったのは……サリエ、お前たちにまた会えると思うと嬉《うれ》しかったからだよ。

可愛いメイド服のサリエに膝枕で頭をよしよしされながら、少なくともこの娘たちを守る強さもいるなぁと思いつつ、異世界で楽しく生きることを決心するのだった。

あとがき

数ある作品の中から本書を手に取ってくださり誠にありがとうございます。

作者の回復師《かいふくし》と申します。

この作品はWeb小説サイト『カクヨム』にて、第3回カクヨムWeb小説コンテスト（異世界ファンタジー部門）で『特別賞』を受賞し、書籍化《しょせき》していただいたものです。

選考に選ばれたのは読者様のおかげだと思っています。応援《おうえん》ありがとうございました。

また、沢山《たくさん》の投稿《とうこう》作品の中からこの作品を『特別賞』に選んで頂いた選考員の方々にも感謝いたします。書籍化の打診《だしん》メールが届いていた時は、只々驚《ただただおどろ》いたのを覚えています。

10回ほどの改稿《かいこう》を編集担当者様とおこない、やっと一冊の小説になりました。

編集担当者様の丁寧《ていねい》な指導もあって、グダグダ感が無くなり、イチャイチャ感がアップして、Webで投稿しているものとはかなり違《ちが》った、面白く読みやすい作品に仕上がったと思います。

この作品を手に取ってくださった方の中には、Web小説サイト『カクヨム』で読んでくださっている方もいらっしゃると思います。この場を借りてお礼とお詫《わ》びを言わせてください。常日頃《つねひごろ》より応援してくださりありがとうございます。慣れない改稿作業で忙《いそが》しく、新規投稿が滞《とどこお》っていて申し訳ありません。

また、今回新規で手に取ってお読みくださった方々にも心より感謝いたします。

何分全《すべ》てが初めてなもので、今回編集担当者様には多大な時間を取ってもらい沢山アドバイスを頂きました。その過程で作者が唯一《ゆいいつ》こちらからお願いしたのは、『可愛《かわい》いイラストをお願いします！』という事だけだったのですが、編集担当者様は力強く『勿論《もちろん》です！』と言ってくださり、イラストレーターのＮａｒｄａｃｋ様に作画して頂けることになりました。Ｎａｒｄａｃｋ様、凄《すご》く可愛いキャラをデザインしてくださりありがとうございました。とても気に入り、ＰＣのデスクトップ背景にして執筆《しっぴつ》の活力にしています。

最後に、この出版に係わった全ての方々にお礼申し上げます。

回復師

お便りはこちらまで

〒一〇二―八〇七八
ファンタジア文庫編集部気付
回復師（様）宛
Ｎａｒｄａｃｋ（様）宛

富士見ファンタジア文庫

女神《めがみ》に騙《だま》された俺《おれ》の異世界《いせかい》ハーレム生活《せいかつ》

平成31年２月20日　初版発行
令和元年６月20日　再版発行

著者――回復師《かいふくし》

発行者――三坂泰二

発　行――株式会社KADOKAWA
〒102-8177
東京都千代田区富士見2-13-3
0570-002-301（ナビダイヤル）

印刷所――暁印刷

製本所――BBC

本書の無断複製（コピー、スキャン、デジタル化等）並びに無断複製物の譲渡および配信は、著作権法上での例外を除き禁じられています。また、本書を代行業者などの第三者に依頼して複製する行為は、たとえ個人や家庭内での利用であっても一切認められておりません。

※定価はカバーに表示してあります。
KADOKAWA　カスタマーサポート
［電話］0570-002-301（土日祝日を除く11時～13時、14時～17時）
［WEB］https://www.kadokawa.co.jp/（「お問い合わせ」へお進みください）
※製造不良品につきましては上記窓口にて承ります。
※記述・収録内容を超えるご質問にはお答えできない場合があります。
※サポートは日本国内に限らせていただきます。

ISBN978-4-04-073057-8 C0193

©Kaifukushi, Nardack 2019
Printed in Japan

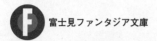

第33回
切り拓け！キミだけの王道
ファンタジア大賞
原稿
募集中！
キミの物語を
世界に示せ――!!
〈大賞〉
300万円
〈金賞〉50万円
〈銀賞〉30万円
2019年8月末日
前期締切
新・選考委員、決定！
細音啓「キミと僕の最後の戦場、あるいは世界が始まる聖戦」
×
橘公司「デート・ア・ライブ」
×
羊太郎「ロクでなし魔術講師と禁忌教典《アカシックレコード》」
×
ファンタジア文庫編集長
イラスト／ニノモトニノ
応募の詳細は大賞WEBサイトをチェック！
https://www.fantasiataisho.com/